花嫁は茨の森でまどろむ

リン・グレアム 作

中村美穂 訳

ハーレクイン・ロマンス

東京・ロンドン・トロント・パリ・ニューヨーク・アムステルダム
ハンブルク・ストックホルム・ミラノ・シドニー・マドリッド・ワルシャワ
ブダペスト・リオデジャネイロ・ルクセンブルク・フリブール・ムンバイ

THE SHEIKH CROWNS HIS VIRGIN

by Lynne Graham

Published by Harlequin Japan, a Division of K.K. HarperCollins Japan, 2020

リン・グレアム

北アイルランド出身。10 代のころからロマンス小説の熱心な読者で、初めて自分で書いたのは 15 歳のとき。大学で法律を学び、卒業後に 14 歳のときからの恋人と結婚。この結婚は一度破綻したが、数年後、同じ男性と恋に落ちて再婚するという経歴の持ち主。小説を書くアイデアは、自分の想像力とこれまでの経験から得ることがほとんどで、彼女自身、今でも自家用機に乗った億万長者にさらわれることを夢見ていると話す。

主要登場人物

ゾーイ・マルダス……………里親の元で育った女性。
ウィニー………………………ゾーイの長姉。
ヴィヴィ………………………ゾーイの次姉。
スタムボウラス・フォタキス……ゾーイの祖父。
アズラ…………………………ゾーイの祖母。故人。
ファラジ・アル・バサラ………マラバンの皇太子。愛称ラジ。
タヒル…………………………ラジの父。マラバンの国王。
アイシャ………………………タヒルの妻。マラバンの王妃。
ハケム…………………………ラジの叔父。
オマール………………………ラジのいとこ。ハケムの息子。
ファリダ………………………オマールの妻。
ナビラ・スラマン……………ラジの元恋人。

1

ーとヴィヴィはひどく驚いていた。祖父スタムボウラス・フォタキスとの取り決めを履行するため、ゾーイがはるかに年上の男性との結婚を承諾したときも。

なぜ承諾してはいけないの？　しょせんこれは本物の結婚ではなく、夫になる男性がわたしの血筋を政治利用するための偽装結婚だ。ゾーイの亡き祖母は、今は存在しない国、バニアのプリンセスだった。

ゾーイが生まれるずっと前、バニアとマラという二つの小さな王国が統合されてマラバンとなり、祖母のプリンセス・アズラは両国で絶大な人気を誇ったという。ゾーイはその血筋ゆえにプリンス・ハケムから結婚を望ま

ゾーイは祖父の自家用ジェット機のタラップを下り、マラバンの陽光に包まれた瞬間、晴れやかな笑みを浮かべた。まだ春なのに耐えられないほどの暑さだが、新しい人生への勇敢なる第一歩を踏み出したのだ。

ついに来た。姉たちの制約からも、低い期待値からも解放され、一人きりで、ここまで。ゾーイがパニックに陥ることもなく数カ月に及ぶ外国暮らしを承諾したとき、姉のウィニ

れ、マラバンのプリンセスとして数カ月間、王宮で暮らすことになった。誰にも干渉されず、一人を満喫できる生活に胸が躍る。この国には〝気分はどう?〟とか、〝またセラピーを受けたほうがいいんじゃない?〟とか、そうしたことを気遣わしげに尋ねてくる人はいない。もう何カ月もパニック発作を起こしていないのに、姉たちは常に次のパニック発作に備え、身構えていた。

ゾーイは姉たちを深く愛しているが、自尊心を再構築して自分の道を切り開いていくには、どうしても姉たちからの自立が必要だと気づいた。どんなに愚かと思われようと、この偽りの結婚は、彼女が自由を獲得するために必要なことだった。

ゾーイたち三姉妹は、里親であるジョンとリズのブルック夫妻への金銭的援助と引き替えに、祖父の選んだ男性と結婚することをしぶしぶ承諾した。ウィニーとヴィヴィはすでにその取り決めを遂行したが、ゾーイは祖父からの圧力をまったく受けなかった。そしてヴィヴィが結婚してほどなく、ジョンとリズの住宅ローンは完済され、家を手放さずにすんだ。つまり、あの無慈悲な祖父でさえも、〝ゾーイは絶望的なまでに脆弱《ぜいじゃく》で、精神的に不安定〟という姉たちの見方を受け入れ、末の孫娘に圧力をかけるのを断念したのだ。

わたしにも強い人間になれる可能性がある

ことを誰も信じない――ゾーイはそう思い、憤った。だからこそ、わたしだって強くなれることを証明しなければ。自分のために。

ゾーイは姉たちと同じく里親のもとで育ち、十二歳のときに恐ろしい目に遭って心の痛手を負った。彼女はその痛みと恐怖を心の奥深くに埋め、ジョンとリズの温かな家で傷を癒やしたように思えた。

ところが、大学で植物学を勉強するあいだも、あの恐ろしい出来事がよみがえって彼女をのみこんだ。男子学生とも交流しなければならず、ボーイフレンドを作らない理由を尋ねてくる友人にも対処しなければならない状況は、ゾーイの心をずしりと重くした。パニック発作の症状はひどくなる一方で、彼女は極度の不安を姉たちから隠そうと努めたものの、やがて一人では対処できなくなった。最終的には卒業試験を受ける数週間前にノイローゼになり、休学せざるをえなかった。

その後、学位を取得し、セラピーを受けて、思考と行動のすべてを支配する恐ろしい不安からは解放されたものの、姉たちはゾーイを繊細な壊れ物のように扱いつづけた。その過保護は愛情から来るものだと理解していたが、姉たちの態度が自分をいっそう弱くさせていると感じ、ゾーイは自分の足で立つチャンスを切実に欲していた。姉たちが結婚し、一人はギリシア、もう一人はイタリアに住んでいる今、マラバンへの旅はゾーイが不幸な過去に打ち勝ったことを証明するまたとない好機だった。

ゾーイは待機していたリムジンに乗り、出迎えが控えめなことに感謝した。もともと、公の場に出ることは要求されないだろうとプリンス・ハケムは言っていた。彼は現国王の弟だが、マラバンでは表に出ることはめったにない。祖父は彼女に同行する予定だったが、〝急用が入り、マラバンに着くのが一日遅れるが、おまえはそれまで一人で大丈夫か？〟と尋ねてきた。

もちろん大丈夫よ。彼女は心の中で自分に言い聞かせ、車窓に身を乗り出し、古さと新しさが混在する首都タシットのにぎやかな通りを眺めた。古《こ》色《しょく》蒼《そう》然《ぜん》とした多くの建物。色彩豊かな小塔を持つ精巧なモスク。再開発地区に誇らしげにそびえる摩天楼やオフィスビル。それらが所狭しと立っている。マラバンはまさに近代化のただなかにあるようだ。石油とガスによる富がこの国を一変させた。ゾーイはマラバンに関する記述を読みあさり、あることに気づいて驚いた。祖母のプリンセス・アズラが国民の期待に反して現国王のタヒルと結婚しなかった理由を、誰も知らないらしい。すでに三人の妻がいた男性との結婚を拒み、スタムボウラス・フォタキスと駆け落ちしたというのが事の真相だが、おそらくその話は君主の威厳を守るために極秘にされてきたのだろう。幸い祖父のスタムは、亡き祖母に関してゾーイが知る必要のあるすべてを話してくれた。

夜のとばりが下りてきたころ、リムジンは兵士に警護されたとてつもなく大きな門を通り抜けた。広大な敷地を見ようとゾーイが目を凝らす中、リムジンは込み入った巨大な建物群のあいだを縫うように進み、やがてある建物の前で止まった。車を降りたゾーイは導かれるがままに建物に入り、自分が現代的な家の中に立っていることに気づいて少しがっかりした。とても大きい現代的な屋敷だ。目もくらみそうな金色の豪華な家具は、歴史の香りがまったくしない。長いカフタンを着たメイドがゾーイにお辞儀をし、煌々《こうこう》と照らされた階段を先導してスイートルームへと案内した。

家具調度が整った快適そうな部屋を見まわすうちに、いにしえの王宮で暮らせないと知った失望感はゆっくりと薄れていった。メイドは英語が話せず、ゾーイはこの国の言葉が話せないという状況は理想的とは言えないが、手ぶりでかなりの意思疎通ができそうだった。メイドが食べる動作をして食事を運んでくることを知らせると、ゾーイはほっとした。それに、帰国するまで何カ月もあるのだから、ちょっとした言いまわしを覚えれば、もっと楽にやり取りができるようになるだろう。ゾーイはそう言い聞かせて自分を安心させた。

すでに別のメイドがやってきていて、ゾーイのスーツケースを開けて荷ほどきをしていた。

ドアがノックされると、ゾーイはメイドより先にドアへと歩いた。部屋の外に立っていたのは、痩せた若い男性と制服姿の女性看護師だった。

「ドクター・ワズドです」男性は硬い声で言った。「あなたに予防接種をするよう指示を受けました。看護師が手伝います」

ゾーイはたじろぐと同時に驚いた。注射が大の苦手なうえ、マラバンへ来る前に必要な予防接種はすんでいたからだ。けれど、医師に反論できるほどの医学的知識はない。彼女はおとなしく袖をまくったが、注射器を持つ医師の手が震えているのを見て眉根を寄せた。驚いて顔を上げると、医師の額には汗がにじんでいる。これほど緊張しているなんて、よほどの新米医師かしら？　すると、看護師が無言で医師から注射器を取り上げ、さっさと腕に刺したのでゾーイはほっとした。ちくりと痛みが走り、歯を食いしばる。

注射が終わった直後に食事のトレイが運ばれてきて、ゾーイはテーブルについた。頭がぼうっとしてめまいがするのは、時差ぼけのせいだろう。しかし食べているうちに、霞《かすみ》がかかったように周囲がぼんやりし始め、体が鉛のように重くなってきた。座っていてもめまいがする。バスルームに行こうとして立ち上がった彼女は、椅子の背もたれにつかまって体を支えた。ヒールを履いた足がふらつき、目の前が真っ暗になって、慌ててまばたきをする。わけのわからないままゾーイはあえぎ声をもらし、そのまま闇に落ちていった。

プリンス・ファラジ・アル・バサラはロンドンで、自国の石油とガスの生産量を巡る重要な会議に出席していた。その最中、ポケットの中で携帯電話が振動した。この番号を知っている者は限られており、非常に大事な用件でなければ着信はない。頭の中で心配がふくれあがり、ラジことファラジは詫《わ》びを入れてすぐに会議室の外に出た。父が病に倒れたとか？　あるいは故国のマラバンで変事でも起きたのだろうか？

マラバンはペルシア湾岸の小国だが、世界有数の裕福な国でもある。しかしテロが一つでも起きれば、国はたちまち機能停止に陥る。マラバンは治安部隊の規模が小さく、最近は治安維持を富と外交に頼っているからだ。ラジが故国を懐かしく思い出すとき、心の目に浮かぶのはいつもモノクロの荒涼とした風景だ。そこでは、ＳＵＶやヘリコプターが砂漠の家畜を驚かせ、保守的な社会がめまぐるしい世界の変化になんとかついていこうと格闘していた。

ラジは八年間マラバンを訪れていない。軍隊入りを拒否したうえ、父である国王が選んだ花嫁との結婚を頑として拒んだせいで、皇太子の地位を奪われ、国外追放の憂き目に遭ったからだ。確かにぼくは従順ではなく、頑固で反抗的な息子だった——ラジは正直にそう認めた。そして不幸なことに、それは彼の国の文化において最大の罪だった。

以後、ラジは後ろ盾のない状況下でビジネスの世界に飛びこんで自分の道を切り開き、鋭敏な頭脳と直感と才能で華々しい成功を手にした。また、障害を乗り越えて同盟国を作ったり、外国から企業や投資を呼びこんだりすることでマラバンが発展する道筋をつけた。さらに、公共インフラの整備を奨励し、故国の工業や科学の基盤を築いた。

それほど一途《いちず》なラジの故国への献身に対する褒美——それは愛するマラバンが着実に成長しつづけているという事実だった。

電話に出たラジは、いとこのオマールの声だと気づいた瞬間、うれしい驚きを覚えた。思春期のころ、強制的に入学させられた陸軍士官学校で暗黒の日々をともにし、二人は無二の親友となった。あの容赦のない暴力やいじめの日々は今でも思い出すのがつらい。皇太子だったラジはいじめの標的になり、父はそうした厳しい環境でこそ一人息子は強くなると信じ、教官たちに見て見ぬふりをするよう指示した。

「オマール、いったいどうしたんだ？」

高齢の父の身を案じるという心配事から解放され、ラジは明るい口調で尋ねた。もしそのような緊急事態であれば、オマールではなく、父の側近から連絡が来るはずだ。

ラジが子供のころに母は亡くなった。その記憶は今も彼を緊張させる。衝撃はあまりに大きく、生涯忘れないだろう。母は自ら命を絶った。母の絶望が九歳の息子への愛を上まわったことを受け入れるまでには、長い時間を要した。自分は捨てられたのだという思いが消えることはなかった。母の死によって、優しいものやいとしいもの、大切なものはすべて、彼の世界から消えたのだ。

「非常に困ったことになった、ラジ。どうしたらいいのか教えてくれ。こんなときに頼れるのはおまえしかいない」いつも陽気なオマールの声が妙に沈んでいた。「厄介な問題に引きずりこまれた。事は深刻だ。ぼくは王政主義者だし、王族の一員だが、ぼくにもできないことが――」

「本題に入ってくれ」ラジは困惑してオマールの話を遮った。「いったい何に引きずりこまれたんだ？」

「今朝早く、宮殿のある男から電話がかかってきた。〝荷物〟を預かり、追って指示があるから、それまで安全に保管してくれないかというんだ。問題はその荷物なんだ。送られてきたのは、なんと女性だった」

「女性？　まさか！」ラジは叫んだ。「冗談を言っているのか？」

「そうであってほしい。部族の女たちはみんな激怒している。その女性を収容するため、ぼくは自分のテントから追い出された」オマールは悲しげに訴えた。「妻はぼくが人身売買に関わっていると疑っている」

「ありえない」ラジは断言した。そんな犯罪に関わったら死刑が待っている。マラバンで麻薬や売春に最も厳しい態度をとっているのは、ほかならぬラジの父だった。

「ああ、もちろんだ。だが、たとえ宮殿の最高位の高官からの指令だとしても、なぜぼくが女性を監禁しなければならないんだ？」

「最高位の高官からの指令だとどうしてわかる？」ラジは尋ねた。

オマールが告げた名前を聞き、ラジは唇を嚙《か》んだ。バハドゥール・アブディはラジの父の側近の中でも最も信頼が厚い軍事顧問で、常に国王の命令に従って行動する。まさに衝撃の事実だった。その拉致にラジの父が関わっていることが判明したのだから。

「その女性は誰なんだ？」

「おまえはぼくが抱いている疑念が気に入ら

ないだろう。ぼくもだ」オマールは重々しい口調で応じた。「ぼくは〝荷物〟が女性だと気づいてすぐ、宮殿に連絡を取った。すると、〝その女性はアル・ミシャール家の末裔《まつえい》だ〟と言われた。驚きだよ。あの一族はずっと前に全員死に絶えたと思っていたからな。ぼくの両親が二カ月前に離婚したのを知っているか？」

ラジはいとこが告げた二つの事実に驚愕《きょうがく》した。オマールの話によると、彼の母親は初めは離婚の話し合いを拒んでいたが、結局、四人の子と十人以上の孫をなして五十年近く続いた結婚の打ち切りに同意し、今のところ奇妙な穏やかさを保ちつづけているという。

だが、ラジの叔父にしてオマールの父親であるプリンス・ハケムは野心的な男だ。ラジが国外追放されて以来、自分が皇太子の座に就こうと奮闘している。

そんな叔父を、ラジは責める気になれなかった。ハケムは王位に就くことに生涯を懸けているのに、無能ゆえに兄の国王に無視され、マラバンではいかなる責任も与えられていないからだ。長年ハケムは権力と地位を切望してきたが、後継者を指名できるのは国王だけだった。

「両親の離婚とその女性のあいだにどういう関係があるんだ？」

オマールは自らが抱いている疑念を打ち明

けた。すると、ラジは青ざめ、宮殿内部で秘密裏にある陰謀が進行していることに激しい憤りを感じた。

「耳を疑うような話だな」

「確かに。その女性はとうていマラバンの血を引いているようには見えない。髪はホワイトブロンドで……まるでおとぎ話の眠り姫のようなんだ」オマールはうめき声をあげた。

ラジは固く結んでいた口を開いた。「バニアのプリンセス・アズラは、金髪のデンマーク人探検家の娘だ。バニアとマラの二国が統合された直後、マラバンで仕事をしていたギリシア人実業家と駆け落ちした事情はよく知らないが、その男との逃避行が大々的なスキャンダルになったことは知っている。アズラは父の四人目の妻になるはずだった。それを拒んで、ギリシア富豪のフォタキスと駆け落ちして結婚する道を選んだ」

「そうだったのか。知らなかったよ。まあ、ぼくには関係のない歴史だからな――おまえほどには」オマールは重々しくため息をついた。「それで、ぼくはどうやってこの窮地から脱したらいい？　八方丸くおさまる方法を教えてくれ。その女性は明らかに誘拐されたようなんだ。我々の医師の手で薬物を投与され、意識を失っている。身元を判別する手がかりを何一つ持たず、ここに送り届けられた。だがたとえ彼女がアル・ミシャール家の子孫だとしても、あれほど若い女性がぼくの父のような年配の男との結婚を承諾するなんて信じがたい」

「おまえにとってはショックだろうが、大金持ちのアラビアのプリンセスになれるのなら、どんなことでもやるという西洋の女性はいくらでも存在する。もし王冠が売りに出されたら、多くの買い手がつくだろう」ラジは嘲りに満ちた冷たい声で言い、自分の経験を思い出してハンサムな顔をゆがめた。

ラジが耐えたあの強烈な裏切り――あれは最悪なことに、父がラジの地位を永久に剥奪《はくだつ》した直後に起きた。その若かりし日の失望から数年後、ラジは自分の身分や富が西洋で魅力の的になっていることに気づいた。知的に見える女性でさえ、シャンパンのように泡を吹いておおげさに自分をアピールし、彼をベッドに誘いこもうと躍起になる。だが、ラジはあいにく、追いかけられたり、おだてられたり、誘惑されたりすることに少しも喜びを感じない。こと女性に関しては、自分から獲物を追うほうが好きだからだ。そのうえ母親の自殺という衝撃的な裏切り行為を子供のころに経験したことで、女性は信用できないという信念を持っていた。

「いや……それほどショックでもないさ」オマールは気を利かせてさりげなく言った。このいとこもまた、ラジのプライドに傷を残した屈辱的な出来事を知っているのだ。「だが、これだけは明言できる。もしこれがぼくの父の策略だとしたら、そんな結婚を国民が喜び、受け入れるとは思えない。父は人気がない。保守的なことにかけては、おまえの父親といい勝負だ。もし父がおまえの後釜に座っても、喜んで受け入れる者は皆無だろう。たとえどのような策を弄し、花嫁候補としてアル・ミシャール王家の亡霊をよみがえらせても」

ラジは長いこと宮殿の権力闘争から離れていたが、人を出し抜く駆け引きは忘れていなかった。プリンセス・アズラの孫娘がハケムの花嫁になれば、千金の値打ちがあるお飾りとなるだろう。マラバンの人口の半数はもともと旧バニアの国民で、四十年以上前に二つの国を統合する際に約束された、バニアの唯一のプリンセスとマラの国王との結婚が果たされず、大きな不満を抱いていた。バニアの全国民は、マラバンの王家にバニアの血が入らなかったことを根に持ち、だまされたと感じている。もしアズラの子孫と結婚すればオマールの予想に反してハケムの人気は上昇し、彼の勝利となるだろう。

だからこそ、ラジの父はそうした結婚を断じて許さない。タヒル国王はけっして寛容な人間ではなく、もしかしたら弟を反逆者だと見なすかもしれない。たとえ売名行為に成功したところで、国王の後継者には指名されないだろう。追放された甥《おい》に代わって皇太子になれると夢見ているのはハケムだけだ……。

オマールがラジの思考に割りこんできた。「教えてくれ。ぼくは彼女をどうすればいいんだ?」オマールの口調には、不適切な結婚を阻止するために罪のない女性が誘拐されたことへの怒りがにじんでいる。「この忌まわしい押しつけから無事に逃れるには?」

ラジは簡潔に指示を伝えた。それから急いで会議室に引き返してみなに謝罪したうえで、家族に緊急事態が発生して相談を受けたのだと説明した。会議が終了するやいなや、彼は過去に利用したことのある優秀な調査会社に連絡し、叔父の花嫁候補について大至急調べるよう指示した。とにかく情報が必要だった。すべては情報を手に入れてからだ。にもかかわらず、気持ちばかりがはやり、ラジは集中力を高めるのにいつになく苦労した。

なぜだ?

おそらくぼくは八年ぶりにマラバンへ帰ることになる、とラジは覚悟した。またも強欲で恥知らずな女に対処せざるをえないという怒りを感じる一方で、懐かしい故国の土を再び踏めるという高揚感に心が浮き立つのを抑えられなかった。

ゾーイはもうろうとして夢から目覚めた。誰かが上体を起こし、コップの水を唇に近づけてくれる。目は焦点が定まらず、体には力が入らないが、トイレに行きたくなり、ゾーイは申し出た。すると、誰かが立ち上がり、手を貸してくれた。この弱々しい脚ではまともに歩けない。

トイレを出たゾーイは周囲を見ようとしたが、壁が奇妙にゆがんで見えて怖くなり、思わず目を閉じた。そして、また手を借りてベッドに戻った。薬物を注射され、どこかへ連れてこられたに違いない。ゾーイはそうと気づいてぞっとし、意識をしっかり保とうと無駄な抵抗を試みた。自分のことは自分で守らなければならない。

自分のことは自分で守らなければ！

祈りにも似たその言葉が目覚まし時計のアラームのように頭の中で鳴り響く。とはいえ、そのやかましささえ、再び闇へと落ちていく彼女を止めることはできなかった。

ラジはゾーイ・マルダスに関する情報を受け取ったあと、当初の考えを再検討せざるをえなくなった。なぜこのような女性が老人と言っていい男との結婚を望むんだ？　億万長者のスタムボウラス・フォタキスを後ろ盾に持っているのだから、金が動機ではないだろう。フォタキスは彼女の祖父で、誰に聞いても身内にはひどく過保護だという。だとすると、困ったことになるかもしれない。ラジは顔をしかめた。このギリシア人の大富豪は孫娘が誘拐されたことをけっして看過しないだろう。それを揉《も》み消すことも許さないはずだ。だが奇妙なことに、ハケムとゾーイの縁談を進めたのはどうやらフォタキスであるらしい。彼はそこからどんな利益を得るんだ？　仕事上の便益か？　それとも、孫娘に与えられる称号か？　ラジは熟考の末、直接フォタキスに連絡を取ろうと決めた。

ゾーイが次に目覚めたとき、誰かが髪をとかしてくれていた。外国の言葉で優しく何かをつぶやきながら。目を開けると、年配の女性の姿が視界に入った。傍らにひざまずき、ほほ笑んでゾーイを見下ろして、称賛するかのように淡いブロンドの髪を熱心にとかしている。敵意や威嚇はどこにも見当たらない。

そのとき、生存本能が頭をもたげ、ゾーイは無理やり笑みを浮かべた。何が起きているのかわかるまでは調子を合わせ、好ましい捕虜でいるのが得策というものだ。祖父が救出に来てくれるまでは。スタムボウラス・フォタキスが現れるまで、そう長い時間はかからないだろう。孫娘が行方不明になったと気づいた瞬間に騒ぎたて、あらゆる手を尽くして捜し出そうとするだろう。そう思うなり、彼女は大きな安堵《あんど》に包まれた。

ゾーイは女性の手からそっと髪を引き抜き、

体を起こした。すると女性は立ち上がり、ゾーイを支えてまっすぐトイレへと案内した。その段になって初めて、ゾーイは周囲の壁が奇妙に曲がっているように見えた昨夜の錯乱ぶりを思い出した。どうやらここは宮殿の建物ではなく、テントの中らしい。とても大きく、上等なタペストリーやきらびやかな椅子で豪華な雰囲気が醸し出されているものの、テントであることに変わりはない。

トイレ付きのバスルームも同じテントの中にあった。暑さで汗をかいたゾーイはシャワーを羨望の目で見たが、裸になって無防備になる危険は冒したくなかった。冷水で顔を洗ってから、自分の着ている服をけげんな表情で見下ろす。マラバン到着時に着ていたシャツとスカートではなく、見慣れないゆったりした上質のコットンの白いロングドレスだった。あの怪しい神経質な医師と随伴の看護師を、ゾーイは嫌悪感とともに思い出し、二度と医師は信用しないと心に誓った。

なぜわたしはプリンス・ハケムの屋敷から連れ出されたの？　あの建物がプリンス・ハケムの屋敷だと誰かに教えられたわけではないが、ゾーイはそう思いこんでいた。たぶんこの結婚を阻止したい人物がいるのだろう。それなら何も問題ないのに……。

わたしを襲撃して注射で眠らせ、テントへ運ぶ必要はまったくない。わたしはなんの異議も唱えずに喜んで帰国しただろう。祖父も同じ反応を示したはずだ。祖父はマラバンでのわたしの安全と保護を花婿になる男性に強く求めたのだから。わたしの身に起きたことを知ったら、愕然《がくぜん》とするに違いない。さすがのスタム・フォタキスも命を危険にさらしてまで孫娘をプリンセスに仕立て、妻アズラの跡目を継がせたいとは思わないはずだ。

テントの居間に戻ると、二人の女性が食事を運んできたところだった。ゾーイはできるだけさりげなく、覆いが取り外された出入口に近づいた。そして、垣間見えた光景に凍りついた。円形に並んだテント群と、その向こうにいくつもの砂丘が見えたのだ。

わたしは砂漠にいる！　つまり、ここから逃げ出すのはとてつもない冒険になるということだ。まずは乗り物と地図が必要だ。まったく未知の環境にいると知って目の前が真っ暗になり、ゾーイは懸命に涙をこらえた。

でも、よく考えてみれば当然だわ。砂漠以外のどこにテントが立っていると思ったの？　ゾーイはいらだたしげに自問した。

一つのテントの向こうに、ヘリコプターのプロペラが見えた。わたしはあれでここに運ばれたの？　その瞬間、ある恐ろしい考えが浮かび、ゾーイは身震いした。

わたしはどうして、二日後に行われる結婚を阻止するために誘拐されたと思ったのだろう？　祖父は大金持ちだ。身代金目当ての誘拐という可能性も充分にありうる。だとしたら、いつ暴行されてもおかしくはない。胃が痛くなり、ゾーイはごくりと喉を鳴らした。

女性が一人やってきてゾーイのこわばった腕をローブに通して帯を結んだとき、彼女は迫りくるパニック発作の予兆を感じた。突然の強い恐怖に頭がもうろうとする。

さんざん殴られて痣《あざ》や傷をつけられ、祖父に送りつける写真を撮られる自分の姿が脳裏に浮かんだ。心臓がけたたましく打ち、ゾーイは野営地の風景から目をそむけた。二人の女性が慌ててお辞儀をし、テントから出ていったことに気づきもしなかった。一人の男性が出入口に立ったことにも。

ゾーイは喉を締めつけられ、息をするのも苦しかった。暑いのに寒気がして体が震えたかと思うと、再び暑くなって汗が噴き出し、めまいがした。

大丈夫、わたしは強い。きっと対処できる。ゾーイは心の中でそう繰り返したが、いつもは彼女を落ち着かせてくれるその呪文も、恐怖に圧倒されている今は効果がなかった。

男性の声がすぐ後ろから聞こえ、手が肩に触れた。ゾーイはぎょっとして飛び上がり、数カ月前から習っている護身術で応戦した。すばやく体を回転させ、肘で相手の胸を突き、喉に拳を見舞うと同時に、股間に膝蹴りを食らわせようとした。

子供のように小柄な女性からの攻撃に面食らい、ラジは驚きのあまり危うく倒れそうになったが、よく訓練された体は反射的に動いた。ダンサーのようにひらりと飛んでゾーイの攻撃をかわし、彼女が絨毯《じゆうたん》に倒れる寸前に慎重に体を支えた。

「放して、この悪党!」ゾーイは罵り、引っかき、噛みついて、彼の頭を覆っていた白いカフィーヤを引きはがした。

ラジは困惑し、数歩あとずさった。今ゾーイ・マルダスを押さえこんだら必ずや怪我《けが》を負わせてしまうだろう。そんな危険は冒したくなかった。ゾーイは床にへたりこみ、そのままの格好で必死に彼から離れた。顔は恐怖にゆがみ、雪のように白く、目は血走っている。

「ここは安全だ。誰もきみを傷つけない」視線を合わせようとしてラジは膝をついた。彼女はなおもあとずさり、追いつめられた小動物のように木の収納棚に背中を押しつけ、膝を抱えた。なんて小さな女性だろう。ラジは本能的に守ってやりたくなった。「きみは安全だ。ぼくの名誉にかけて誓う……」ラジは精いっぱい誠意を込めて言った。だがゾーイは聞いてもいないし、彼を見てもいない。

ラジはいらだった。なぜいとこのオマールは英語の話せる妻ファリダを送りこみ、ここにはいかなる危険も存在しないことをゾーイに納得させなかったんだ？　しかしそれ以上に、ラジは自分の父と、マラバンで父が持つ権力に怒りを覚えた。ハケムの年若い花嫁を誘拐させた首謀者はあの狡猾《こうかつ》な父だとラジは確信していた。父はこの女性をこんな目に遭わせたらどれほどの代償を払う羽目になるか考えなかったのか？　我が国の尊厳を粉砕する恐ろしいスキャンダルに発展する可能性を予期できなかったのか？

あの父のことだから、物事を大局的な目で見てはいない。皇太子の座を狙う弟の野望を未然に防ぐことだけに気を取られ、想定外の影響が生じる可能性についてはこれっぽっちも考えなかったに違いない。

獰猛《どうもう》な怒りがこみ上げ、ラジはゾーイ・マルダスににじり寄り、彼女を落ち着かせるために深呼吸をさせようとした。するとゾーイは、エメラルドのように澄んだたぐいまれな緑の目で彼を見すえ、長いまつげをはためかせた。その瞬間、ラジは〝氷の女王〟を彷彿《ほうふつ》とさせる北欧系の美貌に息をのんだ。それでも、彼は自制し、彼女に呼吸法を指導した。息を吸って止め、ゆっくりと吐く。ゾーイはそれを実践し、やがて怒ったようなまなざしを彼に注いだ。これまでラジが若い女性から注がれたことのないまなざしを。

「その呼吸法なら知っているわ！」息遣いが

落ち着いてまもなく、ゾーイは鋭い口調で言った。「でも、あなたはどうして知っているの?」

「十代のときに、たぶんきみと似たような苦難を経験したからだ」その正直な告白はゾーイばかりか、彼自身をも驚かせた。陸軍士官学校で受けた壮絶ないじめは、そのあと数年間ラジを苦しめた。ろくに考えもせずにその経験を口にしてしまったのは、彼女の動揺ぶりを見て、安心させる必要があると感じたからだ——ラジはそう思うことにした。

驚きの告白を受け、ゾーイはまじまじと彼を見た。彼女の経験から言えば、呼吸法が必要になるほど苦しんだ過去を自発的に認める男性は皆無に等しい。けれど、ゾーイがさらなる質問をして好奇心を満たす前に、彼はすばやく優雅に立ち上がった。そして皺《しわ》の寄った白い民族衣装を撫《な》でつけ、先ほどの格闘で頭から引きはがされた白い布をつかみ取った。

ゾーイはその様子を観察し、生まれて初めて男性を興味津々の目で見つめた。彼が何者であれ、これほど美しい男性を見るのは初めてだったからだ。豊かな黒い巻き毛に覆われた形のいい頭、彫りの深い顔だちに、浅黒い肌。黒い目は悪魔のように漆黒の眉の下できらめき、官能的な大きな口のまわりにはかすかにひげが伸びている。そして彼女のぶしつけな視線に気づくや、ふっくらした下唇がこわばった。

ゾーイは頬を赤らめて慌てて目をそらし、彼を見つめてしまった自分を叱った。とはいえ、これほどの容姿の持ち主なら女性のあからさまな視線に慣れているはずだ、と自己弁護をした。心臓が早鐘を打ち、胸の先端は硬くなって、戸惑いを覚えずにはいられない。

わたしはそんな女じゃない。ゾーイは毅然《きぜん》と自分に言い聞かせた。わたしはセックスに興味がないし、基本的に男の人もわたしに興味を持たない。レイプ未遂で大きな心の傷を負った十二歳のとき、わたしは普通の成長過程から投げ出された。以来、わたしは孤独を好み、家族の集まりでない限り、男女同席の場を避けてきた。姉の夫たち、イロスとラファエレがそばにいるときはなんの問題もなく楽しく過ごせる。

数カ月間勤めていた保育園で男親に接するときもゾーイは緊張しなかった。精神状態が安定した直後からそこで働き始めた。当時、専門分野である植物学に関わる仕事は、現実世界に戻る第一歩としてはハードルが高いように思えたのだ。

「あなたは誰？」ゾーイは単刀直入に尋ねた。

「ラジと呼んでくれ。この国ではさして重要な人間ではない」ラジはよどみない口調で答え、彼女の質問をはぐらかした。見つかって逮捕されてはかなわないので、一時間以内にマラバンから出国するつもりでいた。「この遊牧民の野営地は、一年のこの時季、ぼくのいとこのシーク・オマールの住居となる」

ゾーイはむっとして立ち上がり、せめてあと五センチ背が高かったら、とこれまでに千回は願ったことを胸の内で唱えた。自分の言葉を相手に真剣に受け止めさせたくても、百五十センチの身長では説得力がないからだ。ラジは彼女の前にそびえ立っていた。だが、巨人を連想させる義兄のイロスやラファエレほど長身ではない。「その人がわたしを無理やりここに連れてきた首謀者なの？」ゾーイは皮肉たっぷりに尋ねた。

「いや、違う」ラジは即答した。「彼はきみに危害を加える気はない。彼が自らここに来ないのは英語が話せないからだ」

「だったら首謀者は誰？」ゾーイは一歩も引かない覚悟で背筋を伸ばし、肩をいからせた。彼女の好きな自己啓発本には、たとえ自信がなくてもあるように見せかけるのが大切だと書かれていた。そして、実践するうちに本当に自信を獲得できると。

「それは言えない」ラジはきっぱりと答えた。

彼に平手打ちをされたかのようにゾーイの緑の目がかっと見開かれた。「どうして？」

「有益な情報だとは思えないからだ」

ゾーイは深々と息を吸い、激しい怒りを抑えようと試みた。彼の偉そうで不遜な態度は、黒板をこするチョークのように彼女の神経を逆撫《さかな》でした。「それを決めるのはあなたではなく、わたしよ」

ラジはカフィーヤを頭に戻しながら天を仰ぎ、心外ながらこぼれる笑いをこらえた。驚くほど長いブロンドの髪を持ち、身長が彼の胸までしかないゾーイ・マルダスは人形さながらだが、なかなか性根が据わっている。

「わたしの言葉を真剣に受け止めていないのね」

「そうかもしれないな」ラジはしぶしぶ認めた。「ぼくはこの混乱を収束するためにここへ来た。それこそがぼくの務めだ」

「なんですって?」ゾーイは驚いた。彼女を一人前の大人として扱うことはできないとラジが認めたも同然だからだ。経験上、大半の人はその点について嘘《うそ》をつき、わたしの背の低さは自分の態度になんら影響を与えないと言い張るのに。

近づいたのは浅はかだったと感じ、ラジはゾーイから離れた。気づいたときには、柔らかそうなピンクの唇や淡い色の長い髪、ドレスに覆われた緩やかな体の曲線から目が離せなくなっていた。下腹部のこわばりにいらだち、ラジは身じろぎをした。いつもの彼は、こんな不適切な状況下で女性に反応したことはなかった。彼は己の反応を抑制でき、性的な衝動に屈するのを自分に許さなかった。男たちがよく話している〝陶然とした欲望〟というものがラジには理解できない。彼の自制心を試した女性はあとにも先にも一人だけだが、そのときでさえ欲望に圧倒されたことはなかった。

「ぼくはできるだけ早くきみを帰国させるつもりだ……もしきみが叔父のプリンス・ハケムとの結婚を取りやめ、プリンセスになるのを断念してくれるのなら」ラジは無愛想に続けた。「プリンス・ハケムと長年連れ添ったぼくの叔母は、戦わずして恩知らずの夫が戻ってきたら、安堵するだろう。ハケムが叔母の許しに値するかどうかは別として……」

2

「つまりわたしとの結婚に同意したとき、プリンス・ハケムはすでに結婚していたの?」ゾーイはあまりの驚きに息をのんだ。ハート形の顔はこわばり、みるみる血の気が引いていく。

「当然きみは知っていたはずだ」ラジは明らかな蔑みを声に込めた。「なにしろ五十年近くに及ぶ結婚で、四人の子供と多くの孫がいるのだからな。しかしぼくが思うに、きみの祖父は一夫多妻を認めなかった。だから叔父は叔母と離婚せざるをえなかった……」

ゾーイは呆然《ぼうぜん》とした。祖父はこの不愉快な事実を知っていたの？　孫娘がプリンセスになることを祖父は望んでいた。目的を達するためなら、それくらいの要求はしかねない。プリンス・ハケムはプリンセス・アズラの孫娘を花嫁として迎えるにあたり、妻と離婚するしかなかった――ゾーイはそうとらえ、大きな衝撃と恥ずかしさと罪の意識に襲われた。今になってからこんな重大な事実を知らされるなんて。もっと下調べをするべきだったのだ。かわいそうなハケムの妻。おそらくラジの指摘は正しい。祖父は一夫多妻を受け入れず、孫娘をプリンスのただ一人の妻にしようともくろんだのだ。

「知らなかった……本当に知らなかったのよ、彼が妻帯者だったなんて！」ゾーイは懸命に訴えた。青白い顔が罪悪感で紅潮する。「あなたがどう思おうと、わたしはけっして同意しなかった――彼がわたしと結婚するために妻を捨てると知っていたら」

なぜ彼女はわざわざ弁明しているんだ？　ラジには理解できなかった。彼女の利用価値が叔父の野望に火をつけるまで、叔父はきわめて幸福な妻帯者だった。ゾーイ・マルダスはあくまでもそのことを知らなかったと言い張るつもりらしい。彼女の容姿はおとぎ話のプリンセスか天使のようだが、うわべの美は信用できない。確かに外見は美しいが、彼女は醜い動機を隠そうとしている。外見が美しい女は内面が醜い場合が多い。それはラジがこれまでの人生経験から学んだことだった。

いずれにしろ、この女性が外見ほど純真《じゅんしん》無垢《むく》であるはずがない。ゾーイはマラバン人にとっての自分の価値を知っているはずだ。もしこの国のプリンスとプリンセス・アズラの孫娘が結婚したら、多くの旧バニア人が歓喜して沿道に押し寄せ、祝福することだろう。叔父の人気も急上昇し、もう少しで大勝利をつかむはずだった。

「きみは今すぐ帰国したいか?」ラジは我ながら遠慮がちな質問に驚いた。なぜなら、正直な話、自分の権限内であらゆる手段を行使してマラバンから彼女を追い払うつもりでいたからだ。

「当たり前よ。喜んで帰国するわ」ゾーイは彼をにらみつけた。「一度も会ったことがない男性、ましてわたしの花婿になるために妻と離婚するような男性と誰が結婚するものですか。それほど自暴自棄な女に見える?」

「ぼくはきみの人となりを知らない。そもそも、なぜ叔父との結婚に同意したのかも」ラジは息を吸うのと同じくらい自然と身に備わった傲慢さで受け流して、エキゾティックな顔をこわばらせ、高い鼻を尊大に上げた。

ゾーイの顔はいっそう紅潮し、目は怒りにきらめいた。ラジはたった二つの指摘で彼女の鼻っ柱をへし折り、彼女に関心がないことを示したのだ。黒い巻き毛を覆うカフィーヤは彼を異質の存在に見せ、秀でた骨格と黒い眉とその下にある鋭い目を強調している。それはまた、反発したくなるほどの落ち着きと厳粛さを彼に与えていた。

「しかし、きみが一度もプリンス・ハケムに会ったことがないとは驚きだ。そうした昔ながらの縁談は今もマラバンではときどきあるが、もはや普通とは言えない。きみのような西洋の女性が一度も会わずに夫を決めるとは思わなかった」ラジは冷ややかな目で挑むように彼女を見つめ返した。

うろたえるほどの凶暴な怒りが体を震わせ、ゾーイは小さな手をきつく握りしめた。ラジの口調に込められた愚弄や非難は平手打ちをしたも同然の効果があった。彼はわたしの人となりを知らないと言ったにもかかわらず、腹立たしい先入観でわたしを判断している。

「あなたはいったい何様のつもり？」堪忍袋の緒が切れ、ゾーイは喧嘩腰《けんかごし》になった。見下すような彼の目が我慢ならない。「わたしはこのむかつく国に善意でやってきたのよ。なのにわたしは、薬物を注射されて誘拐され、恐ろしい目に遭わされた。そのうえ今度は、その事実をまったく知らないかのように、あなたはわたしを批判している」

「実際、ぼくはその事実を知らないし、知る必要もない」ラジは反論し、彼女のハート形の顔に刻まれた怒りに困惑した。彼は怒りをぶつけられることに慣れていなかった。これまでの人生でそうした反応を示された記憶は思い出すのも難しい。

ラジは子供のころから打ち解けにくい性格で、誰と一緒にいようと警戒心を解くことはなく、常に自分が誰であるかを思い出してその地位にふさわしい言動を心がけてきた。母が悲劇的な最期を遂げたあとは、自分の感情と不安を隠すすべを身につけなければならなかった。個人的な感情を表に出すのは自分の地位にふさわしくないと思ったからだ。高貴な生まれが彼を独房に縛りつけ、真の友人や息抜きの時間を与えなかった。その牢獄《ろうごく》からようやく脱出したとき、他人と一定の距離を保つよそよそしい性格がもはや自分のアイデンティティの一部になっていることに気づいてひどく驚いたものだった。

「だったら教えてあげるわ。たとえ聞きたくなくても」ゾーイは冷ややかに言った。「この結婚を提案したのはプリンス・ハケムのほうよ。彼がわたしの祖父に接触してきたの。わたしは彼には会わなかった。普通の結婚ではないから、会う必要がなかったの。わたしは結婚式に出て、そのあとはプリンス・ハケムの屋敷で静かに暮らすことになっていた。彼はわたしを娘のように扱い、何も要求しないと誓ったわ。そして数カ月が過ぎたらわたしは帰国し、離婚する予定だった」

その驚くべき情報を聞くあいだ、ラジの目は北極星のように光っていた。だから叔母は大騒ぎせず、離婚に同意したのか。ラジはようやく得心がいった。ハケムは自由の身になりしだい叔母との再婚を約束していたに違いない。皇太子になるという夫の野心を支援するため、叔母も覚悟を決めたのだろう。

「だが、その異常な結婚はきみにとってどんな得があるんだ？」ラジは困惑して眉根を寄せた。「大金持ちの祖父がいるのだから、金目当てのわけが――」

「地位よ！」ゾーイは肉体的苦痛を感じたかのように叫んだ。実際、その言葉を発するときは身を切るような痛みが伴った。「わたしはプリンセスになるはずだった。それはわたしにとってどうでもいいことだけれど、祖父にとっては大きな意味があるの。わたしは祖父を喜ばせたかった。祖父はわたしたち姉妹にとてもよくしてくれたから」

「プリンセスの地位は、ハケムの屋敷に住むうえであまり慰めにはならなかっただろう」

ラジはそっけなく告げた。「ハケムの妻子は顔が知られ、とても好かれている。彼女たちを知る誰もがきみに反感を持ったはずだ」

「だとしても、結婚はもう実現しないのでしょう?」ゾーイは不快な話を退け、彼に背を向けてテントの端に向かった。「こうなったからには、わたしをマラバンにとどめておくには手錠と鎖を使うしかないわ!」

鎖でベッドに縛りつけられた彼女のエロティックな姿が脳裏に浮かび、ラジは狼狽《ろうばい》した。乱れたブロンドの髪、情熱的な緑の目、ピンクに上気した色白の肌……。下腹部がこわばり、ラジは落ち着かなく身じろぎして、場違いな妄想を懸命に振り払おうとした。しかしあいにく彼の体は主《あるじ》の意に反し、たちまち燃え上がった。

「むきになってごめんなさい」ゾーイは声を震わせて謝った。「でも、無礼な態度をとるつもりも、おおげさに騒ぎたてるつもりもないの」

「つもりはなくても、きみはそのようにふるまわずにはいられないんだろう?」ラジは欲望で分別を失い、ぶっきらぼうに言い返した。みだらな妄想は消えるどころかますます強まり、強烈な力で彼を支配していた。

ゾーイは振り向きざま言い返した。「無礼なのはあなたのほうよ!」図らずも彼の強烈な視線とぶつかり、息を整えてからさらに反論する。「まるで誘拐が日常茶飯事であるかのようにふるまい、この愚かな茶番劇の首謀者の名を明かすのを拒んでいるんだから」

「ぼくが明かさないのは、その男が罰せられる可能性はゼロだからだ」

彼の黒い目の何がわたしの全身に鳥肌を立たせ、こわばった背中に震えを走らせるのだろう？　なぜわたしの体は急に愚かしいほどに熱くなるの？　どうしてわたしの胸はこんなにどきどきするのかしら？　下腹部がうずき、ゾーイは本能的に腿を閉じた。混乱して目をしばたたいたとき、ようやくその答えが稲妻のように彼女を打った。これは欲望、単なる性的欲望よ。わたしは今、生まれて初めてそれを体験している。ゾーイは焼け野原を突っ切ろうとする動物のように慌てふためいた。それでも、動揺を必死に克服し、会話に意識を集中しようと努めた。

「なぜ罰せられる可能性がゼロなの？」ゾーイは果敢に問いただした。

「それをきみに教える気はない。さあ、着替えてくれ。ここを出発する」

「どこへ行くの？」ゾーイは驚いて尋ねた。

「ドバイ経由でロンドンに行く。きみはそこで祖父に再会できる。そのことは彼も承諾しているし、きみも承諾してくれるはずだ」

「承諾？」ゾーイは驚きもあらわに、困惑顔で進み出た。「つまり、あなたは直接に祖父と話をしたのね？」

「そうだ」ラジはきびきびと答えた。「きみが行方不明になり、彼は激怒していた。ぼくはきみの無事を納得させ、できるだけ早くきみを彼のもとに返すと約束した」

それでもゾーイは彼の話をのみこむのに苦労した。彼女の身に降りかかった災難をラジが堂々と祖父に話したなんて、信じられない。大半の人はスタム・フォタキスの逆鱗《げきりん》に触れるのを恐れ、彼の怒りの矛先が自分に向けられないよう逃げまわる。実際、あの祖父に真っ向から立ち向かう者はゾーイの知る限り、姉のヴィヴィただ一人だ。ヴィヴィの気の強さは祖父に引けを取らない。ラジが何者であれ、恐れを知らないようだ。ゾーイは羨ましくなった。祖父が怒れる雄牛のようになったら、わたしは息をひそめて隠れたくなる。

「ぼくは急いでいる。きみの準備ができしだい出発したい。ここでのぼくの時間は限られているんだ」ラジは決然として言い、浅黒い顔をこわばらせた。「迅速に身支度をしてもらえるとありがたい」

「そのためには、服が必要だわ。どこにあるかわからないの」ゾーイはうなだれ、弱々しい声で言った。

ラジは突然、何か叫びながらテントの出入口に向かった。するとまもなく、民族衣装を着た小柄な女性がゾーイの服を掲げ持ち、走り寄ってきた。きれいに洗濯されて芳香を放つ服を受け取るなり、ゾーイはバスルームに駆けこんだ。そして、シャワーを切望の目で眺めた。とたんに反抗的な考えが頭をもたげる。何がいけないの？　汗だらけの体で洗濯したての服を着るのはいや！

ゾーイはシャワーの下に立ち、深々と安堵《あんど》のため息をついた。

一方、ラジは古いしきたりにのっとり、礼儀としてテントから出た。そうした時代遅れの考えに留意するのはずいぶん久しぶりだ。ゾーイは独身で、ラジも独身。この旧態依然とした砂漠の地で、ゾーイと二人きりで話す機会を得られたのは、地位の賜《たまもの》だった。とはいえ、ラジはオマールの家族の女性たちがそばをうろつき、礼節が守られているかどうか監視しているのを肌で感じていた。ラジに対するゾーイの自衛攻撃が彼女たちに気づかれなかったのは幸いだった。目撃していたら、大きなショックを受けただろう。ここの女性は自分の身を守る手段を習得する必要があるとは思っていない。身内の男たちが守ってくれるからだ。

しかし、どうやらゾーイ・マルダスは守られてこなかったらしい。彼女の身に何が起きたんだ？　なぜあれほど怯《おび》えていた？　ラジは考えながらも自覚していた。ぼくがその答えを知ることはけっしてないと。ラジは女性とそのような深い会話をしたためしがなかった。もしそれを関係と呼べるのなら、彼と女性たちとの関係は希薄で、その多くはセックスから成り、ほかの要素はほとんどなかった。ラジには自分が女性にそれ以上の何かを求めているとは思えなかった。

当然だろう？　愛はかつてぼくを愚か者にした。愛のためにすべてを放棄したのに、ぼくのもとに残ったのは、自分が致命的な過ちを犯したという深い悔恨だけだったのだから。

「ラジ！」オマールがひどく慌てた様子で駆け寄ってきた。何をするにもあまり急がない太った小男が息をあえがせ、顔を上気させている。「早く出発したほうがいい。ラクダの商人が電話をくれた。軍のヘリコプターの一団がいっせいに離陸したそうだ」

「軍人は有事の予行演習が好きだ。軍事演習か何かだろう」ラジはそう予想し、うろたえたそぶりは少しも見せなかった。「ゾーイにはできるだけ丁重に、急いで身支度をしてくれと言ったんだが、おまえも知ってのとおり女というのは――」

「ラジ、おまえがマラバンにいるのが見つかったら、投獄されかねないんだぞ！」オマールはじれったそうに叫んだ。「そのばか女の襟首をつかんでヘリに放りこみ、さっさと出発するんだ！」

近づいてくる回転翼の騒音を聞きつけ、二人の男は上空に目を凝らした。

「あのヘリの色が見えるか？　あれは王室航空隊だ。おまえの父親が乗っている！」オマールの声には恐怖がにじんでいた。

「逃げるには手遅れだ。なんとか耐え抜くしかない」

「だめだ、逃げろ！」オマールは血相を変えて急《せ》きたてた。「今すぐに。女は置いていけ。たぶんこれは罠《わな》だ。彼らが彼女をぼくに押しつけたのは、おまえに助けを求めるとわかっていたからだ。アッラーの名において、ぼくは自分を一生許さないだろう。ぼくの浅はかな行動のせいで、おまえに危害が加えられたら！」

罠だって？　ラジは熟考し、その考えを切り捨てた。幼いころからぼくに失望していた父がなぜ策を弄し、マラバンの地でぼくを罠にかけようとするんだ？　国王にそむいた罪でぼくを国外追放し、息子や後継者の座から解放することが二人にとって最良の解決策だったはずだ。

「父はつねづね、ぼくに警告していた。タヒル国王は非常に狡猾《こうかつ》で計算高いと」オマールは不安げに息を吸った。

「そのとおりだ」ラジは同意した。「しかし、父が国外追放の刑を無視するぼくを見たがる理由はない。なぜ見たがる？　逆に父を困惑させるだけなのに。ぼくは見えない場所に隠れていよう。おおかた父は部族会議を招集しようと思い立ったんじゃないか？　境界線の問題やラクダにまつわる紛争をじっくり話し合うために。父はおおいに楽しむだろう、若かりしころに戻った気分になって」

「航空隊は野営地を包囲する形で着陸しようとしている」オマールは告げた。

「近衛兵《このえへい》も同乗しているから、通常警護だ。もののしさはない」ラジはいとこの心配を一蹴した。

「違う。言っただろう?」ラジの警戒心の欠如に、オマールはいらだちを募らせた。「これは罠だ。だが、どうやっておまえを脱出させたらいいのかわからない……」

3

ゾーイはヘリコプターの騒音に狼狽《ろうばい》し、あたふたと服を着た。濡《ぬ》れている肌に生地が張りついたが、我慢する。

女性が一人、ゾーイを呼びにバスルームに入ってきた。急いで服を着てよかったと思い、ゾーイはテントの居間に戻って、喜び勇んで帰国の途に就く心構えをした。

だが、先ほど見かけたヘリコプターに案内されるのかと思いきや、別のテントに連れていかれた。そこでは女性の一団が焚《た》き火《び》を囲んで座っていた。

「国王陛下がいらっしゃったの」ゾーイの向かいの女性が完璧な英語で説明した。「わたしの夫のオマールが陛下を迎え入れることができるのは夫のテントだけ。そこはあいにくあなたが使っていたテントなの。だからあなたはここでわたしたちと一緒に待たなければならないわ」

「あなたの夫？」ゾーイは金のアクセサリーで着飾った美しい黒髪の女性を観察した。こんなにも多くの金のアクセサリーを一度に身につけた女性を見るのは初めてだった。

「シーク・オマール。国王陛下の甥《おい》よ。わたしの名はファリダ……あなたは？」

「ゾーイよ」答えながら、コーヒー入りの小さなカップと薄切りのフルーツが盛られた皿を感謝の笑みで受け取る。「ありがとう」

できれば一時間以内に帰国の途に就けるといいのだけれど。ゾーイはそう思い、旺盛な食欲でりんごを食べた。「ラジはどこ？」彼女は好奇心から尋ねた。「彼の口ぶりでは一刻も早く出発したいようだったけれど」

「プリンス・ファラジはお父上にご挨拶しているの」ファリダはかすかに眉をひそめて答えた。

ゾーイは赤面した。親しげに彼を愛称で呼んだことが不興を買ったのかしら？「彼がプリンスだなんて知らなかったわ」ゾーイは弁解した。「彼は、自分はここでは重要な人間ではないと言ったの」

驚いたことにファリダはくすくす笑い、ほかの女性たちに何か言った。ゾーイの言葉を通訳しているのだろう。すると、たちまち笑い声があがった。

「プリンスはあなたをからかったのよ。彼は陛下のたった一人のご子息なの」

ゾーイは驚きに目を見開いた。「彼が例の反逆児プリンス？」考えるより先に、そのあだ名が口をついて出た。

「反逆児？」ファリダはたじろいだ。「いいえ、そうは思わない。彼はわたしの夫の親友で、わたしたちに会うために危険を冒してここにやってきたの」それから彼女は再び通訳を始めた。

〝反逆児〟という発言をファリダがあえて訳さなかったことに気づくと、ゾーイはもっと発言に慎重にならなければならないと思った。

ラジの話では、ここにいる人たちはゾーイの誘拐とは無関係で、彼女が気を失っているあいだ、かいがいしく世話をしてくれたという。彼女たちの気分を害したくはなかった。

なにしろ、ゾーイはラジのことをほとんど知らない。閲覧したウェブサイトで、彼のそのあだ名を目にしたにすぎない。そのサイトには、彼が何年も前に父の逆鱗《げきりん》に触れ、国外追放の憂き目に遭ったと書かれていた。

「危険?」ゾーイは好奇心を抑えられず、思わず尋ねていた。「危険って、どんな?」

「それは彼からじかに聞いて。もし彼にその時間があれば」ファリダははぐらかすように答えた。「でも、これだけは忘れないで。プリンスは陛下のたった一人の子供なの。陛下が跡継ぎの誕生を諦めかけたときに、三番目の妻がプリンスを産んだのよ」

再び丁重にあしらわれるのがいやで、ゾーイはファリダが答えたくないに違いない質問をのみこみ、注意深くうなずいた。

愚かな男性だ。ゾーイは腹立たしげにそう思った。なぜ本当の身分をわたしに明かさなかったの? わたしが彼を王家の人間だと推測できるわけがない。護身術で彼を攻撃したことを思い出し、とっさに拳を握りしめる。だけど、彼のせいだ。彼があんなふうにわたしの背後に忍び寄ってきたから……。

かわいらしいよちよち歩きの女の子がゾーイの肘に触れ、りんごを欲しがった。その子を叱るファリダを、ゾーイは手を振ってなだめ、一切れ渡した。

「まったくもう、わたしの娘は礼儀を学ぶ必要があるわ」ファリダが言う。

「この子の名前は?」ファリダの娘が膝にちょこんと座ってきたとき、ゾーイは尋ねた。

女の子は丸いミルクチョコレートのような目

でゾーイを見上げた。その上にはふさふさした黒い巻き毛がある。

ファリダは少しリラックスし、彼女の三人の子供の話を始めた。

オマールに先導され、ラジはいとこのテントに入った。すでに父は火のそばに座り、彼を待っていた。

「おまえがここにいることはわかっていた」父は実に満足げな顔で告げた。「背が伸びたな、息子よ。離れているあいだに、すっかり大人の男になった。オマール、下がってよい。あとで話そう」

動きが以前より緩慢になったのを見て、ラジは父の老いを実感し、胸を締めつけられた。じかに父を見るのは八年ぶりだ。ラジが二十八年前に生まれたとき、父は五十代だった。タヒル国王の代名詞だった機敏さが消えているのも無理はない。先ほどラジは離れたところから、痛々しくゆっくりした足どりでテントに入る父を見つめ、六十代で発症したリューマチ性関節炎が懸命な治療にもかかわらず悪化していることを知った。まだ元気だが、痩せて骨張り、ひげが伸びた顔には以前より深い皺《しわ》が刻まれている。それでも、知性あふれる眼光の鋭さは少しも衰えていなかった。

「座れ、ラジ」国王は命じた。「我々には話し合うべきことが多くあるが、時間は限られている」

　ラジはしなやかな動きで父の向かいに腰を下ろした。給仕役の者が長い注ぎ口のついた優雅な金属製のポットから二人にコーヒーをつぐあいだ、辛抱強く待つ。ラジは小さなカップを右手で受け取り、父から非難の言葉を浴びせられるのを覚悟して、長い指をこわばらせた。タヒルは独裁的な父親で、ラジの母親である三番目の妻を亡くしてからはいっそう無神経で専横になった。不幸なことに、それはラジが最も慰めと理解を必要としていた時期だったが、彼は父の支えを受ける代わりに陸軍士官学校に送られた挙げ句、そこで壮絶ないじめと暴力を受けた。そしてラジが士官学校を卒業した瞬間から、親子の関係はこじれた。

「オマールがおまえに助けを求めることはわかっていた。あいつはおまえに頼りきりだからな」タヒルは愛情を込めて言った。「過去を語り合っても意味はない、ラジ。それはわたしとおまえを確執へと引き戻すだけだ」

「話の腰を折って申し訳ありませんが、あの女性は……」国王の話を遮るのは無礼だと承知しつつも、ラジは切りださずにはいられなかった。大スキャンダルになる危険を顧みず、叔父をやりこめるためだけに父が今回のような行動に走った理由を早く知りたかった。

「おまえの体内には忍耐というものがないよ

うだな」父はため息をついた。「先に話を聞くのが礼儀だ。わたしはおまえに戻ってきてほしい。かつておまえがいた場所に。皇太子の地位に」

ラジは呆然《ぼうぜん》とした。ぽかんと口を開け、驚きに目を見開いて父を見つめた。

タヒルは片手を振り動かし、引きつづき息子に沈黙を命じた。「わたしは後悔を口にするつもりはない。謝罪もしない。だが、もしわたしがおまえを追い払わなければ、愚かな弟が皇太子の座を奪おうなどと画策することもなかっただろう」父はいかめしい顔で告げた。「わたしは八年間、おまえがマラバンのために働くのを遠くから見てきた。何よりも故国の発展を第一に考えて最善を尽くす姿を。おまえの心は今も我が国民とともにある。それが皇太子のあるべき姿であるかのように」

厳しい父から初めて称賛の言葉を聞き、ラジは唖然《あぜん》として自分のコーヒーを見下ろした。

「故国に帰りたくはないか、ラジ？　再びマラバンの皇太子として立つのがおまえの願いではないのか？」

胸に切望が押し寄せ、ラジは沸き立つ感情を押しとどめるために肩をこわばらせて力を込めた。そして喉をごくりと鳴らした。「帰りたいです」

「むろん、そうだろう。だが、そのためにおまえが払う代償は安くはない」国王は決然と言い渡した。

ラジは父の宣言に驚くことなく、深々と息を吸った。「今のぼくは結婚相手が誰だろうと気にしません」父の言う代償がそれであることを願い、熱意を込めて答える。「今はもう、結婚はぼくの人生でさほど重要ではなくなりました」

「もうロマンティストではなくなったか」

ラジには父が安堵《あんど》したのがわかった。

「いいことだ。ロマンティストのプリンスは甘すぎて玉座には就けない。今さらおまえを軍人にするのも手遅れだ。だが結婚は……その点に関しては妥協できない」

「わかっています」ラジは淡々と応じ、手を振ってコーヒーのおかわりを断った。食欲は失《う》せ、何かを飲む気さえしなかった。家柄のよい、選ばれし花嫁と実利的な結婚をしなければならない。それは妥協でもあり、挑戦でもあるだろう。妥協には慣れていないが、挑戦には慣れている。ラジはいかめしい顔でそう思った。妥協も早急に学ぶ必要がある。押しつけられた花嫁がぼくと多くの共通点を持っている可能性はまずないからだ。

「わたしの注意をフォタキスの孫娘に向けさせたハケムに感謝するべきかもしれない。わたしは彼に娘がいることさえ知らなかったからな」国王は満足感を隠さず、思案げに言った。「弟の企《たくら》みに気づいたとき、わたしは激怒した。さらに、フォタキスに話を持ちかける以外に選択肢がないと気づいたときは、腸《はらわた》が煮えくり返った。美しいアズラをわたしから奪った男だからな。だが、あの男はわたしの申し出を承諾した」

そのとき初めて父の言わんとすることに気づき、ラジは衝撃を受けた。「ぼくにゾーイと結婚しろというのですか？」

「しかも、式は今日だ。わたしは王宮の導師《イマーム》を連れてきた」父は事もなげに言った。「この結婚はおまえの誠意のあかしになるだろう。今後はずっと思慮深い息子として行動するというわたしへの誓約に。彼女と結婚すれば、おまえの行く手を阻むものは何もないと約束しよう」

「ゾーイは帰国を望んでいます！」ラジは信じられない思いで訴えた。「ぼくとの結婚なんて望んでいません」

「彼女の祖父は許可した」国王は困惑の面持ちで伝えた。「結婚相手が別のプリンスになった。しかも新しい花婿はハケムの半分以下の年齢だ。フォタキスはおまえを容認可能な身代わりと判断した。この件に関しておまえに選択権はない。その娘は我が国民への大きな贈り物だ。諦めるにはあまりに惜しい宝だ。アズラの孫娘以上に人気のある花嫁をおまえのために見つけることはできない。後日、国を挙げて盛大な婚礼を催すことになろう。彼女は祖母に負けず劣らず美しいに違いない。おまえは喜ぶべきだ」

父が正気とは思えなかった。父は今も、女性たちが身内の最年長の男が選んだ夫と喜んで結婚すると信じているのか？　マラバンでもそうした因習はとっくに消えた。子供に結婚相手を言い渡す権利を持っていると思いこんでいるのは、今や父の年代の男だけだろう。ラジは強い口調で繰り返した。「ゾーイは帰国を望んでいます」

「では、二時間以内に彼女を説得しろ。わたしはすでに二人の結婚を発表する準備をしてきた」国王は厳粛に告げた。「我がプリンスは帰国し、ついに義務を果たした、とな」

「ゾーイは数カ月後にハケムと離婚するつもりでした」ラジは険しい顔で打ち明けた。

「それなら、婚礼のお祭り騒ぎが終わったらすぐに彼女を解放してもかまわない。おまえは二番目の妻をめとればいい」国王は受ける資格のない者に贈り物を授けるかのような尊大な態度で言い渡した。「わたしは干渉しない。だが、一つだけ例外がある。あの売春婦、ナビラだけは……いかなる状況でも我が一族に加えることは許さない」

その名が侮蔑的な呼称とともに告げられた瞬間、ラジの顔からいっきに血の気が引いた。彼は目を伏せ、豊かな黒いまつげで表情を隠した。八年前に息子と初恋の女性とのあいだで起きたことを、父がすべて知っていたことに気づいたからだ。動揺が胸いっぱいに広がったが、ラジは父の最後の警告によって話し合いが終わったと察し、立ち上がった。その動きにいつもの優雅さはない。「そんなことは万に一つもありません。もう何年も彼女には会っていませんから」彼は硬い声で言った。

「さあ、行け。結婚式の準備をしに」父は促した。ゾーイがラジとの結婚を拒むとは露ほども考えていないようだ。「それから、オマールを呼んできてくれ」

朝食をとったあと、ゾーイは別のテントに案内され、一人きりにされた。腕時計を確認し、そわそわと身じろぎをする。どうしてこんなに出発が遅れているの？　いらだち始めたとき、ラジがやってきた。振り返って顔を突き合わせたとたん、ゾーイは彼がプリンスであることを思い出して身を硬くした。知らなかったとはいえ、護身術で攻撃するというあるまじき行為に及んでしまった。でも、彼が悪いのよ。ゾーイは自分に言い聞かせ、つんと顎を上げた。ラジは浅黒い顔をこわばらせ、緊張しているように見える。そして黒い目で彼女をじっと見ていた。

「てっきりあなたは出発を急いでいるのかと思っていたわ」ゾーイは言い、なぜ彼に見つめられただけで肌の内側が熱くなるのだろうと自問した。彼はわたしの体を燃え立たせ、落ち着かない気分にさせる。もしこれが性的な欲望なら、わたしは縁を切りたい。この肉体的な反応はわたしの判断力を鈍らせ、理性的な行動を難しくさせるから。

「父と話をしてきた。それで……ぼくたちの、状況が一変した」ラジは体を半分だけ出入口のほうに向けてまっすぐゾーイを見るのを避け、なんとか集中力を保った。

どんな男でも見て見ぬふりはできないだろう。彼女の美しい髪は長い三つ編みに束ねられているが、ラジは今でも、絹のベールのような髪が解き放たれたさまを思い出すことができた。短いスカートからはすらりとした脚が伸びている。スカートとおそろいの淡い色のトップスは丸みを帯びた胸に張りつき、足元は愚かしいほど非実用的なヒールを履いている。これほど砂漠に適さない靴を履いた女性をラジは見たことがなかった。

もちろん、ゾーイは砂漠の中で目を覚ますことになるとは夢にも思わなかっただろう。とはいえ、彼女の身長を十センチ近くかさ上げしているそのハイヒールはどう考えても危険だ。たくさんのストラップがついたきらびやかなサンダルは実に女性らしくかわいらしいけれど。ラジは深々と息を吸い、歯を食いしばった。

かわいらしいだと？　ぼくは何を考えているんだ？

飢えたティーンエイジャーのように体が反応してしまい、胸や脚を見るよりは靴を見るほうがまだしも安全だった。性的衝動を制御できなくなるなんて、いつ以来だ？　これまでそんな悩みを持ったことがあるかどうかさえ、ラジは思い出せなかった。

ゾーイはラジの体から発散される緊張を読み取り、そこにただならぬものを感じて身構えた。「ぼくたちの状況ですって？」彼の言い方が気になって尋ねずにはいられなかった。

「そう、ぼくたちの状況だ」ラジはその部分を強調した。「きみがぼくをどの程度知っているかわからないが」

「あなたは自分のことを重要な人間ではないと言ったけれど、ファリダが事実を教えてくれたわ。あなたは国王の息子だって」ゾーイは非難がましく言った。「あなたが国外に追放されていたことも」

「ぼくは八年前」ラジは重苦しい口調で切りだした。「父が選んだ女性との結婚を拒んだ。愛する人がいたからだ。ほかの原因もあったが、おもにその一件が原因となって父とのあいだに軋轢《あつれき》が生まれた。きみは知らないだろうが、ぼくの住む世界では息子は父に忠誠を尽くし、従順であることを求められる。ぼくは最初から父に反抗的だった」

父親との確執というごく私的なことを正直に打ち明けられ、ゾーイは少なからず困惑して赤面し、怖いほど真剣な彼の顔を見つめた。ラジは感情を懸命に抑えようとしているが、表情豊かな目は心の揺れをさらけ出し、内に秘めた感情を隠せてはいなかった。ゾーイは不本意ながらも心をつかまれ、好奇心が勢いよく頭をもたげた。

「あなたが愛したという女性は今どうしているの？　あなたと結婚したの？」

「いや、彼女はぼくを裏切った」ラジは淡々と認めた。

「ごめんなさい」ゾーイはとっさにつぶやき、尋ねたことを後悔した。

「きみが謝る必要はない。昔の話だ。ぼくはまだ若く、うぶだった。今のぼくはもうそのころのぼくではない」ラジの口調はいかにも苦々しげだった。

なぜなら、その女性が彼の心を傷つけたから。ゾーイはそうと気づき、姉のウィニーを思い出した。愛した人が既婚男性だと知り、彼のもとを去らなければならなかったときのウィニーは打ちひしがれていた。ゾーイは一度もそうした強烈な感情を抱いたことはなく、経験したいのかどうかもわからない。なにしろ、デートの経験もないのだ。

幸い未遂に終わったレイプ事件のあと、彼女は男性が怖くなり、接触を避けてきた。大学時代、ゾーイが引いた境界線を踏み越えようとした男友だちも数人いたが、彼らを受け入れることはなかった。彼女は常に男性と距離をおき、そういう生き方が最善だと考えるようになった。安全だし、傷つくことも失望することもない。ゾーイの想像上の幸福な未来は非現実的な夢にすぎなかった。

「あなたはぼくたちの状況と言ったけれど、どういうこと？」ゾーイは話を蒸し返し、自分の内面的な思考を断ち切ろうと試みた。

「実はぼくの父が突拍子もない提案をした」

ラジは慎重に口を開き、黒く光る目で彼女の顔を見すえた。磁器のようになめらかな白い肌とエメラルド色の瞳との対比が息をのむほど鮮やかだ。「父はぼくに帰国を求め、後継者の地位に戻ってほしいと言った」

「まあ、すばらしいニュースじゃない！　だって……」ゾーイはためらいがちに言葉を継いだ。「それがあなたの望みだったんでしょう？」

「確かに、マラバンに帰りたくてたまらなかった。祖国の土を踏んだのは八年ぶりだ」

ラジは感情をあらわにして認めた。正直に胸の内を吐露しているのは明らかだ。

「だがあいにく、国王の提案には重要な条件が含まれていた。父はぼくにきみと結婚するよう求めた――きみの花婿になるはずだったハケムに代わって」

ゾーイは何度か目をしばたたき、彼を凝視しつづけた。心臓は早鐘を打ち、その音は耳の奥でとどろいている。「でも……なぜ？　そんな提案、常軌を逸しているわ！」

「きみの血筋を考えるなら、常軌を逸しているとまでは言えない」ラジは口をゆがめて指摘した。「我が国の人口の半分はもともときみの祖母の国の民だ。二つの国が同盟を結んで統合した際、その前提条件だったぼくの父とバニアのプリンセスとの結婚が実現せず、彼らは憤慨していた。結果として、王家には両国の血が反映されなかったのだから、無理もない。もし国王の息子がプリンセス・アズラの孫娘と結婚したら、我が国民の絶大な支持を得られるだろう。父がぼくたちの結婚を望む最大の理由はそれだ」

「でも、わたしは祖母に会ったこともないのよ。わたしが生まれる前に亡くなったから」

ゾーイは反論した。

「だが、アズラとの血のつながりはきみにとって貴重な遺産であり、なくてはならないものだ。彼女を覚えている旧バニアの人たちにとっては、とてつもなく誇らしい遺産だ」ラジは力強く言った。「それから、ぼくの父がきみの祖父と連絡を取った。おそらく代理人を介してだろうが、きみがこのまま我が国にとどまり、叔父に代わってぼくと結婚するという提案が二人のあいだで話し合われた」

「なんですって……祖父はこのことを知っているの?」ゾーイは驚いた。ただでさえ、ラジが彼女の祖先に真剣な敬意を払ってくれたことで動揺していた。それはつまり、ゾーイがほかのどこよりもマラバンで大きな価値があることを意味するからだ。

「きみの祖父は花婿の交換を承諾した」ラジは告げた。

怒りにゾーイの顔がゆっくりと青ざめていった。「わたしの気持ちはどうなるの? わたしの望みは?」

「だからこそ、ぼくがここにいる……頼むために」ラジは皮肉を込めて強調した。「きみの祖父とぼくの父はおめでたいことに、必要なのは自分たち二人の承諾だけだと信じている。ぼくはそれほどおめでたくはない」

「よかったわ」ゾーイの怒りが薄れた。「わたしと同じ感覚の持ち主がいて」

「きみはハケムと一度も会わずに結婚するつもりだった」ラジは改めて指摘した。

とたんに膝が震え、ゾーイは息を奪われたように椅子に倒れこんだ。今、彼女は間違いなく岐路に立たされていた。「それとこれとは話が別よ。ハケムとの結婚に同意したのはいろいろ起きる前の話で、わたしはハケムが妻を捨てたことを知らなかった」彼女は気まずい表情で言い訳した。「彼との結婚を承諾したのは間違いだった。今のわたしはこのばかげた話のすべてを忘れ、家に帰りたいの」

「だが、ぼくはきみに頼んでいる。ここにとどまってぼくと結婚してほしいと」ラジは訴えた。「完全に利己的な頼みだと承知しているが」

その告白に面食らい、ゾーイは彼を見上げた。「そうなの？」

「そうだ。それはぼくの国外追放と父との断絶の終わりをもたらすから」ラジはきっぱりと答えた。「そればかりか、アズラの孫娘との結婚は国民を喜ばせる。きみにとっては役に立たない称号を得る以外にどんなメリットがあるのか、ぼくにはわからない。だが少なくともその点は、ぼくの叔父と結婚してもまったく同じだったはずだ。ぼくは叔父と同じようにきみを丁重に扱うと約束する。叔父はきちんとした男だ。あいにくぼくの父への無意味な対抗心に毒されてしまったが」

わたしにはどんなメリットがあるの？　二人が結婚した場合に得られる利益をラジが正直に話してくれたことに、ゾーイは感謝した。だが、たとえラジの立場を理解しても、激しい逡巡《しゅんじゅん》から彼女が解放されることはなかった。自立への挑戦を諦めるつもりで帰国の準備をしていた彼女の前に、今ラジは別の選択肢を提示している。けれど、なぜかラジとの結婚は、自分の娘のように扱うと誓った老人との結婚よりはるかに、ゾーイを怖《お》じ気《け》づかせた。ラジはハケムよりずっと若く、迫力があり、たくましくて……。

そこで彼を一瞥《いちべつ》した瞬間、ゾーイの脳はラジを描写する言葉を失った。

ボタンがついた白く長い民族衣装を着て、がっしりした肩に黒いマントを羽織ったラジの姿は凛々《りり》しく、とても絵になった。精悍《せいかん》でハンサムな顔は、ゾーイの返事を待つあいだ、いかめしく冷ややかな表情を保っている。黒く美しい目はいらだたしげに光っていたが、礼儀正しく聡明《そうめい》な彼はいらだちを口に出すことができない。わたしの受諾の返事は彼にとって大きな意味があるのだろう。ゾーイはそのことを理解していた。

彼女はまた、家族の期待に縛られない自立した人生を歩むチャンスを切望していた。しかし何より、自分の力を自分に証明し、ほかの誰かを頼る必要がないほど強くなりたかった。しっぽを巻いて逃げ出したくなかったし、祖父を失望させるのもいやだった。

「きみの承諾を勝ち得るには、何が必要なんだ？」ラジは尋ねた。熟練した交渉人の顔が不意に現れる。

彼にスポットライトを浴びせられたかのようにゾーイは赤面した。「あなたが何を期待しているのかわからないけれど……」うつむいて続ける。「わたしは少なくともセックスは求めていない。セックスが苦手で、それなしても生きていける。でも、あなたは？」

ラジは彼女を見るたびセックスについて考えずにはいられなかったが、それは自分の胸にとどめておくべきだと決意した。同時に、ラジは強烈な好奇心に襲われた。いったい何が彼女をセックス嫌いにさせたんだ？　一回の苦い経験か？　レイプか？

そんなことを尋ねられるわけがない。いずれにしろ、ぼくは彼女から直接、あからさまに拒絶されたわけだ。ラジはそうと気づき、もっと探りを入れたいという衝動を抑えた。彼女はぼくとのセックスを望んでいない。一度もその種の拒絶に遭ったためしがないラジはショックを受けたものの、すぐに気を取り直した。より大きな目的の前では取るに足りないことだと。

「ぼくは叔父がきみに出したのと同じ条件を提示できる」ラジは平静を装って答えた。

思わずのけぞるほどゾーイは驚いた。ホワイトブロンドの巻き毛が汗で湿った額に張りつく。テントの日陰にいても無性に暑いからよ。それにセックスについて話していると顔から火が出そうになるから。だけど、わたしは彼に正直に言う必要がある。最初にはっきりさせておけば、いかなる誤解も生じないはずだ。ラジに提案された結婚を真剣に考えるだけで冷や汗が出てくる。危険を冒すのはわたしらしくない。そしてラジは危険な男性だと第六感が警告している。

「残念ながら……」ゾーイは顔をしかめて言った。「あなたはわたしを娘のように扱える年齢じゃないわ」

「だが、セックスを求めていない女性にプレッシャーをかけないだけの節度は持っている年齢だ」ラジはよどみなく言った。「きみにはぼくの言葉を信じてもらうしかないが、それは事実だ。ぼくはいやがる女性に迫ったことはないし、今後も絶対にない」

「わかったわ」セックスに関する要望は充分に理解してもらったと判断し、ゾーイはうなずいた。「それなら、わたしはマラバンにとどまり、自分の遺産を少し探検してみようかしら」

「手伝うよ」ラジは請け合った。

「わたしたちはどこに住むの？」

「宮殿だ。少し古くさいが」ラジは実際より控えめに述べた。基本がきちんとしていれば周囲の環境は重要ではないと考えたからだ。

あいにくタヒル国王は歴史をすこぶる尊重し、古い宮殿に現代的なバスルームや調理設備を備えつける許可を得るには、父と壮絶なバトルを繰り広げなければならない。客人には、宮殿の敷地内に建てられたきわめて現代的な別邸に滞在してもらっている。客に便利な宿泊施設を提供することで、国王のプライバシーは守られるのだ。

「古い家に住むのは問題ないわ」ゾーイは眉根を寄せて応じた。「わたしは細かいことにこだわる質《たち》じゃないの。姉たちとわたしは祖父に出会う前の数年間、あばら家に住んでいた。祖父がロンドンに所有していた家にわたしたちを住まわせてくれるまで」

「宮殿はあばら家ではない」ラジは笑みをこらえた。「要するに、きみはぼくの提案を考えてくれているのか？」

「ええ。わたしはあなたを信用してもいいのかしら？」考えるより先に言葉が口をついて出て、ゾーイは罪悪感に駆られて赤面した。

「ぼくは約束を守る男だ――常に」ラジは誇り高く宣言し、黒い目を輝かせた。「きみがぼくを恐れる理由は何もない。ぼくはきみから大きな恩恵を受ける。そんなきみを傷つけるまねは断じてしない。もしきみが結婚してくれるなら、ぼくはきみをどんな脅威からも守ってみせる」

なんてすてきな男性だろう。ゾーイは感嘆せずにはいられなかった。背が高く、とても率直で感情豊かだ。これほど心をさらけ出す男性に会ったのは初めてだった。これほどはっきり感情が読める男性に会ったのも。彼の不安そうな目には希望と興奮が宿り、ゾーイの視線はそこに釘《くぎ》づけになった。きみをどんな脅威からも守ると力強く誓ったラジの声が、まだ耳の奥でこだましている。

「それから……数カ月後には離婚できるのかしら？」ゾーイは心配顔で確かめた。

「もちろんだ。一生お互いを背負いこみたくはないだろう？」突然ラジは愉快そうに目をきらめかせてからかった。

　そのとき初めて、ゾーイは彼の正直さに侮辱されたような気がした。もっとも、ラジは愛していない女性と永遠に結婚生活を送りたくないだろうし、わたしも彼とずっと一緒にいることは望んでいない。そうでしょう？　彼は単に二人の合意事項を声に出して言っただけよ。

「だったら……」ゾーイは立ち上がった。姉に相談することなく大きな決断を下そうとしている緊張のせいで、顔から血の気が引いていく。おそらく姉たちは声を大にして反対するだろう。「あなたとの結婚に同意します。それがあなたのためになることを願って」

　ラジは前に進み出て両腕を広げたが、すぐに腕を下ろしてあとずさった。「すまない。危うくきみに触れるところだった。きみは触れられたくないだろうに」

「ええ、そうね」嘘《うそ》だった。ラジはわたしを抱きしめようとしたけれど、わたしが提示したルールを思い出して引き下がった――そのことに、ゾーイは落胆した。彼は情熱的で、やや衝動的でもあり、ときどき強い感情に突き動かされて、考えるより前に行動してしまうタイプらしい。わたしは彼に抱擁されても拒まなかっただろう。それは性的な接触ではなく、ぬくもりと安心を感じるものになったはずだ。でも、ラジが二人のあいだに引いた境界線を尊重してくれるほうがいい。ゾーイは慌てて自分にそう言い聞かせた。「それで、結婚式はいつ挙げるの？」

「今日だ」

「今日ですって！」ゾーイは仰天した。

「ぼくが生き方を変えるという証拠をすぐに示さなければ、父は宮殿に迎え入れるほどぼくを信用してくれないらしい」ラジはしかめっ面で言った。「この結婚はその証拠になる。現に父はイマームをここに同行している」

「ここで……今日……結婚するの？」ゾーイは信じられなかった。「いったいわたしは何を着たらいいの？」

「父は何事も成りゆき任せにはしない。ぼくが思うに、父の妻がきみのために適切な衣装を持ってくるはずだ」

「妻って、誰のこと？」ゾーイは好奇心に駆られて尋ねた。

「存命中の父の妻はアイシャしかいない。ぼくの母は死に、もう一人の妻は十年ほど前に亡くなった。王妃のアイシャは父の最初の妻だ」ラジは答えた。「悪い人ではない。というより、いい人だ」

ゾーイはゆっくりと深呼吸をした。わたし

はラジと結婚し、自分の人生を自力で幸福に導かなければならない。マラバンでの滞在期間は数カ月。パニック発作はもう起きないだろう。この国の言語を身につけ、歴史を学んで、伝統と文化を吸収する。それはきっと冒険になるに違いない。すばらしい冒険に。ゾーイは決然と自分に言い聞かせると、彼女の視線にまったく気づかずに出入口のそばに立っているラジを見つめた。

そのとき突然、ラジが輝くような笑みをゾーイに向けた。その瞬間の彼はゴージャスという言葉ではとうてい表現しきれなかった。

4

「わたしの父の話では、国王陛下は二週間後に国を挙げての盛大な婚礼を予定していらっしゃるそうよ。あなたはそのときに西洋風のウエディングドレスを着ることができる」ファリダはゾーイに控えめな声で言った。「陛下はあなたを家族に迎え入れることを最大限活用するおつもりよ」

今日の結婚式のことだけでも不安で胸が張り裂けそうなゾーイは、一大イベントになりそうな婚礼の話など聞きたくなかった。そうしたイベントは彼女の心の安全地帯をはるかに逸脱し、考えただけでもめまいがしそうだった。一歩ずつ進めばいいのよ、とゾーイは自分に言い聞かせて気持ちを落ち着かせた。わたしは一度に一つずつなら、うまく対処していける。むやみに未来を案じるのは愚の骨頂、自分を緊張させるだけだ。今はただ、今日初めて会った男性との法的な結婚を受け入れるだけで充分よ。

もっとも、ラジの叔父と結婚するつもりだったのだから、実はさして状況は変わらない。ゾーイはそのことを自分に思い出させた。少なくともラジには妻子はいない。

ハケムとの結婚の回避は、紙一重で弾丸をかわすのに等しかった。それに比べ、ラジは独身で、すがすがしいほど誠実だ。彼はかつてパニック発作に苦しんだことを自ら認めた。愛する女性を巡って父親に反抗し、挙げ句の果てに彼女に裏切られ、大きな失望を味わったことも認めた。ゾーイがこれまで出会った男性の大半はそういう衝撃的な事実を隠すだろう。ラジのあまりにあけすけな性格に、彼女は感動さえ覚えた。

黒いドレスを着て隅に座るアイシャ王妃の指示のもと、部族の女性たちが花嫁を取り囲んで世話を焼いている。ゾーイは姿見に映った自分を観察した。何層にも重なった衣装と宝石はあまりに重く、ゾーイは自分が動けることに驚嘆した。金箔《きんぱく》の頭飾りは眉まで覆い、ベールは髪の大半を隠している。ずっしりした金のピアスは糸を使って耳からぶら下げていた。ゾーイはその場で耳たぶに穴をあけることをかろうじて回避し、糸を使って耳にかけるというアイデアを出してくれたファリダに感謝した。

原始的な金のネックレスは動くたびに首のまわりで揺れて音をたて、鮮やかで精巧なヘナが彼女の手と足を覆っている。体の残りの部分は、豪華なビーズと色彩豊かな刺繡《ししゅう》を施した白いカフタンに包まれていた。カフタンの下には蜘蛛《くも》の糸のように繊細で上質な絹織物が何層にも重なり、そのすべてのボタンは背中側にある。脱ぐのはさぞかし大変だろうと思い、ゾーイはため息をもらしそうになった。

結婚式に備えてすでに晴れ着や宝石で着飾った世話係たちに目を走らせ、ゾーイは化粧は自分ですると言い張った。世話係たちの顔は頬紅が異常に濃く、まぶたは鮮やかな青に塗られている。薄化粧をしているのはファリダだけだ。ゾーイはいつもより化粧を濃くし、みんなに勧められて思いきりアイライナーを入れたが、仕上がりは少なくとも舞台女優のようにはならなかった。

「わたしの結婚式のお祝いは一週間も続いた

のよ」ファリダが言った。

「一週間?」ゾーイは目を見張った。

「でも、あなたの結婚式は今日の夕方には終わるでしょう。陛下はここで夜を過ごすことを望んでいらっしゃらないようだから。二週間後の婚礼のお祝いはもっと長く続いてほしいわ」ファリダはおしゃべりを続けた。「みんな、お祝いのイベントが大好きなの。家族や友人に会えるから。でも今回はあまりに急に決まったので、とても小規模で地味な式になってしまった。それにしても、ラジがあなたに贈った宝石は本当に見事ね」

「どの宝石?」ゾーイは声をひそめて尋ねた。

「宮殿から取り寄せた、あなたが身につけている宝石すべてよ。宝石は花嫁への結婚の贈り物なの」

「国王もここに来るとき、持ってきたに違いないわ」ゾーイはつぶやいた。

「そうね。あなたは望もうが望むまいが、今日、結婚させられていたはずだから!」ファリダは笑った。「でも、誰がラジの求婚を断れるの?」

ゾーイは顔が熱くなるのを感じ、テントの外から聞こえてくる音楽に誘われて、世話係たちが出入口に向かっていくのを見てほっとした。ゾーイは彼女たちのあとに続き、剣を振り上げたり鞭《むち》を振るったりする儀式の踊りをのぞき見た。男性たちは焚《た》き火《び》の上を飛び越える危険な離れ業をやっていて、思わず目を閉じる危険な場面もあった。

ほどなく、ゾーイは興奮気味の行列を伴い、人いきれのする大きなテントに移動した。高僧らしき老人の前に連れていかれて祝福を授けられ、長い説諭ののちに指輪を渡された。ファリダがどの指にはめるのか教えてくれる。説諭の最中、ゾーイはラジを盗み見た。彼は鮮やかなサファイアブルーの絹の民族衣装に帯を巻き、浅黒いハンサムな顔に真剣な表情を浮かべていた。彼と目が合う前にゾーイは視線をそらした。

続いて、もっと年上の男性が簡潔な言葉を述べ、前に進み出て、長い羊皮紙の上に大仰にペンを走らせた。さらに数名が羊皮紙に署名したあと、ゾーイの番になり、促されて前に進んで署名した。その後、ラジとは言葉も視線も交わさずに退出した。

「さあ、次はパーティよ！」ファリダがゾーイの耳元でいたずらっぽくささやいた。

「つまり……これで完了？　わたしとラジは結婚したの？」ゾーイは驚きの声をあげた。

「あなたが結婚契約書に署名した時点で完了よ。通訳するべきだったのかもしれないけれど、儀式の最中に話をしたりして陛下のご気分を害したくなかったの」ファリダは説明した。「あなたはもうマラバンの皇太子妃よ」

「まったく実感が湧かないわ」ゾーイは朗ら

かに応じた。この儀式を見逃した祖父はさぞかし残念に思うだろう。でも、二週間後の盛大な婚礼には参列できるはずだ。姉たちも来てくれるに違いない。ゾーイはそう考えて満面に笑みをたたえ、ファリダに案内されてまたも別のテントに行った。そこはにぎやかな音楽が流れる中、おしゃべりする女性たちであふれ返っていた。

次々と人に紹介され、料理も続々と運ばれてくる。男性は一人もいない。ファリダの話では、二週間後の婚礼のあとの披露宴は男女別になることはないだろうが、田舎の結婚式はまだまだ保守的なのだという。ゾーイはミントティーを飲み、祝宴の踊りを眺めた。

結婚したなんて信じられない。でも、本当に結婚したわけではない。ゾーイは眉をひそめて自分に思い出させた。わたしとラジは夫婦として一緒に生きていくわけではない。そのことをラジはどう思っているのだろう。結婚相手がわたしではなく、彼を裏切った元恋人だったらよかったのにと思っているかもしれない。それとも花嫁を愛しているわけではないから、結婚したことを深刻には感じていないのかしら？　もしかしたら、父親に許されてマラバンに戻ることができて単純に喜んでいるだけかも。

周囲の騒々しさにもかかわらず、ゾーイはある時点で眠りに落ち、ファリダにそっと手目をつかまれて目を覚ました。ゾーイは一瞬、自分がどこにいるのかわからず、当惑して目をしばたたいた。外は薄暗く、テントの中はいくらか静かになっていた。今は二名が踊っているだけで、ほかの女性はあちこちに集まっておしゃべりに興じている。ようやく記憶がよみがえり、ゾーイはため息をこらえてファリダに居眠りの謝罪をした。

「きっとあなたの体には宮殿で打たれた催眠剤がまだ残っているのよ。お医者様が言うには、完全に回復するには数日かかるんですって。あなたの身に起きたことは申し訳ないと思う。本当にごめんなさい」

「あなたが自分の意思で関わったわけじゃないでしょう……あなたの責任じゃないわ」ゾーイは慰めた。

「首謀者は息子を取り戻すことができて単純に喜んでいるんでしょうね」ファリダは顔をしかめてつぶやいた。

パズルの最後のピースがぴたりとはまった思いで、ゾーイは驚きに眉を上げた。確かに、わたしを誘拐させてなんの処罰も受けない人はラジの父親だけだ。だからラジは頑として首謀者の名を明かさなかったのだ。ゾーイはようやく理解した。だから彼はわたしに対してどことなく罪の意識を感じているように見えたのね。国王は断固としてハケムとわたしとの結婚を阻止するつもりだったようだ。

「あなたが退出する時間よ」片手を上げて意味ありげな顔をしたアイシャ王妃からの合図を受け、ファリダがゾーイに伝えた。

疲れ果てているゾーイと違い、高齢の王妃はまだ元気そうだ。ゾーイはよろよろと立ち上がった。幾重にも重なった衣装を着ていると、象にでもなったような気分だ。テントの中より外が涼しいといいのだけれど。

その願いはかなわなかった。外は湿度が高く、ゾーイは一歩進むごとに砂に食いこむハイヒールに難義しながら歩いた。ラクダが連れてこられ、ゾーイの目の前で座りこむ。ファリダから鞍《くら》に乗るようにと言われ、衣装や宝石という重しをつけた状態では大変だったが、ゾーイはどうにかやり遂げた。

ラクダが立ち上がり、月明かりを浴びて砂の上をゆっくりと進んでいく。周囲に群がる女性たちのあいだから歓声があがる中、懐中電灯を持った牧夫が随行した。

「これは象徴的な儀式なの」ファリダが説明した。「アイシャ王妃はあなたの母親の代理を務め、あなたを花婿のもとへと送り出したのよ」

まるで郵送される小包にでもなった気分だわ。でも、幸いなことにラジには小包を開ける気がない。ゾーイはそう思って愉快になり、笑いを噛《か》み殺《ころ》した。そしてラクダから下りるというより滑り落ち、砂から起き上がった。

わたしは姉たちよりはるかに自分の結婚式を楽しんでいるとゾーイは心を躍らせる一方、携帯電話はいつ返してもらえるのだろうと考えた。早くこの刺激的な出来事を姉たちに報告したい。

ゾーイはランタンに照らされたテントによろめきながら入り、そのしつらえを前にして凍りついた。一台の大きなベッドを見て初めて、これは自分が夫と親密に過ごすことを期待されている初夜なのだと気づく。自分だけのテントやベッドが用意されるはずもない。一つのベッドを夫と一緒に使うのが当然なのだから。ゾーイは無言で眉をひそめた。これはまったく予期していなかったが、予期してしかるべきだった。

結局、彼女とラジのプラトニックな結婚の合意は肉親以外は誰も知らない。ゾーイは女性たちが出ていってくれたことに感謝し、ラジが到着するのを待つあいだ、ソファの端に座って深々と息を吸った。どういうわけか、体が異常に熱くなっている。ゾーイは立ち上がり、バスルームを見に行った。新郎新婦が快適に過ごせるように造られた、明らかに急ごしらえのバスルームで、収納棚の上には鏡が立てかけられている。ゾーイは重い金の宝石を一つずつ外し、ベールと一緒に棚の上に並べていった。

そのとき、冷やかす声やはやしたてる声が

外から聞こえ、ゾーイがあたふたとバスルームから出ると、ちょうどラジがテントに入ってきたところだった。出入口に覆いをかける彼の顔にははっきりと安堵《あんど》が刻まれていた。

「みんな、結婚式に興奮しすぎなんだ」ラジは顔をしかめ、彼女を強烈な目で見つめた。

ゾーイは照れくさくなり、頬を赤らめてうろうろと歩きまわった。「きっとプリンスが帰還したことも祝っているのよ」

「そうかもしれない」ラジは静かに認めた。

ラジは鎧《よろい》のように自信をまとっている。ゾーイはそういう自信を生まれ持った彼に嫉妬を覚えると同時に、疑問が湧いた。どうして彼みたいな男性がパニック発作で苦しんだのだろう？　ラジには生来の落ち着きがあり、ありのままの自分に満足しているように見える。けれど、わたしが知った数少ない情報から類推するに、彼の過去は波瀾《はらん》に富んでいたようだ。それでも彼は過酷な現実に打ち勝ち、前進している。わたしがそうありたいと願っているように。

「わたしの服がどこにあるか知らない？　わたしが連れ去られた屋敷にまだ置いてあるのかしら？」ゾーイはそわそわと尋ねた。

「朝になったらきいてみる」ラジは即答した。

「歯ブラシもないのよ！」ゾーイは自分が置かれた不安定な状況に対処するより、くだらないことに怒りをぶつけるほうを選んだ。

「ぼくのを一本あげよう」ラジは最後通告のようにきっぱりと告げた。

わたしは化粧をしたまま裸でベッドに入らなければならないの？　ゾーイは急いで怒りをのみこんだ。わたしが自分の服や洗面用具から引き離されたのはラジのせいではない。彼に怒りをぶつけるのは筋違いだ。この状況と折り合いをつけるのよ。ゾーイは自分にそう命じてバスルームに行き、凝った装飾のカフタンを脱いだ。次に、薄い絹織物の背中のボタンを外し始める。だが、腕が痛み、なかなか外せない。そのうちに額に汗がにじんできて、しかたなく寝室に戻った。ラジは電話中だったが、即座に黒い目をゾーイに向け、電話を下ろしてけげんそうな表情を浮かべた。

「背中のボタンを外すのにあなたの助けが必要なの」ゾーイは困惑顔で告げた。「上等な生地を破りたくないから……」

「確かにそれはまずい」ラジは言った。「ぼくが乱暴にはぎ取ったように見える」

ゾーイはすばやく息を吸って振り向き、ほっそりした背中を彼に向けた。「なぜ手が届かない場所にボタンがあるのか、さっぱりわからない」

「自分では脱げないようにするためさ」ラジは穏やかに言った。

ボタンを外す彼の優しい指先を感じ、ゾーイの背中にかすかな震えが走った。男性にこれほど接近するのは初めてだ。いくらこちらから頼んだとはいえ、男性に服を脱がせてもらうのは、彼女にとって大きな挑戦だった。

「花婿がこの三枚のシフトドレスをゆっくりと脱がせることになっている——誘惑するように。古くからの伝統だ」

「まあ……」一瞬ゾーイは言葉を失い、その予期しなかった言葉の意味をはっきりと理解したとき、再び声をあげた。「まあ!」

「きみはこのシフトドレスのことをアイシャ王妃に感謝するべきかもしれない。最近ではこうした面倒な伝統を重んじる花嫁はほとんどいない」ラジはかすれた声で言い、一枚目のシフトドレスをゾーイの腕から脱がせ、彼女がはだしで立っている絨毯《じゅうたん》に落とすと、すぐさま次のドレスに取りかかった。「残念なことだ」

「そうなの?《サロメ》の〝七つのベールの踊り〟の花嫁バージョン……のようなものかしら?」ゾーイはくだらない話をする自分の声がこわばっているのに気づき、我ながら恥ずかしくなった。

ラジはため息をこらえ、白い歯を食いしばった。ゾーイの絹のドレスを脱がせるのは自制心を試される行為だからだ。彼女の肌は上質な薄い布を通して最高級の真珠のような輝きを放ち、薔薇《ばら》やアーモンドのような甘いにおいが立ちのぼっている。信じられないほど女らしく魅惑的なにおいだ。ラジは二枚目のドレスを脱がせて床に落とすと、最後のドレス越しに透けて見える彼女の体から目をそらしてあとずさった。

ラジが遠ざかったことに気づき、ゾーイは困惑して振り返った。「これを着て眠りたくないわ」眉根を寄せてつぶやく。「あなたの義理のお母様にとってこれは大切なものだと思うの。とても慎重に着せてもらったから、たぶん金糸でできているんじゃないかしら」

「王妃はぼくの義理の母ではない」ラジはつっけんどんに言った。「父の最初の妻だ」

「そう……わかったわ」ゾーイは失言をしてしまったらしいと気づいたが、一夫多妻制の家族という複雑な関係にはとうてい理解が及ばなかった。「でも、わたしは何を着て寝たらいいの？」

ラジはしかたなく彼女に視線を向けたが、目に入ってきた光景を前に凍りつき、懸命に悪態をのみこんだ。薄い布一枚ではほとんど何も隠せず、目の前に立つゾーイは裸も同然だった。小ぶりの胸のふくらみは言うまでもなく、欲望をそそるピンクの頂や腿の付け根まではっきりと見える。下腹部はすさまじい熱を持って硬くなり、ラジは興奮をしずめるために深々と息を吸った。

「ぼくの服を貸そう」ラジは低くかすれた声で言った。

「迷惑をかけてごめんなさい」ラジが革の旅《りょ》行鞄《こうかばん》を開けて中をかきまわすあいだ、ゾーイは不安げにつぶやいた。

「長く滞在すると思わなかったから、あまり服は持ってこなかったんだ」ラジはため息をつき、彼女のためにTシャツとボクサーショーツを引っ張り出した。

ゾーイはその衣類をつかみ取り、すばやく彼に背中を向けた。「お願い、最後のドレスのボタンを外して。そうすればもうあなたの手を煩わせないから」

甘美なヒップの曲線に目が釘《くぎ》づけになり、ラジはうめき声を押し殺した。想像力はいとも簡単に飛翔《ひしょう》し、下腹部が欲望でうずく。ボタンと格闘したが、指が思うように動かず、なかなか外せない。頭の中ではゾーイをベッドに押し倒す自分の姿が浮かんでいた。そのあいだも、ラジは苦笑いせざるをえなかった。ぼくに強い影響力を持っていることにゾーイはまったく気づいていない。そしてぼくはいやがる女性には絶対に触れないときっぱり宣言した。

実際、男を誘惑する自分の力にこれほど無頓着な女性に会うのは初めてだった。最初はお世辞や追従を言わないことに気づいたにすぎないが、今は彼女の純真さに大きな魅力を感じていた。

「さあ、外したぞ。これでバスルームに行ってドレスを脱ぎ、着替えることができる」ラジは張りつめた声で言い渡した。

ゾーイはラジの声にとげとげしさを感じて振り返り、紅潮した高い頬骨に強調された黒い目を見上げた。「ラジ……どうしたの？」途方に暮れて尋ねる。

「正直に答えてもいいのか？」ラジは尋ねた。

「わたしの前ではいつも正直でいてほしい。わたしにとってはとても大切なことよ」

「たとえきみを困らせても？」ラジは重ねて尋ねた。

「ええ、たとえわたしが困っても」ゾーイはためらいなく答えた。

「きみは半裸で、とても美しい」ラジは荒々しく息を吸った。「きみに触れないと誓ったが、ぼくも男だ。きみはぼくを誘惑する。まだぼくの約束を信じてもらってかまわないが、もしきみが許してくれるのなら……」ラジは唐突に言葉を切った。ゾーイが顔を真っ赤にしてバスルームに駆けこんだからだ。

ラジから三メートルほど離れたバスルームで、ゾーイは最後に残ったドレスを着たまま鏡で見つめ、恥ずかしさのあまり顔から火が出そうになった。自分がどれほど薄いドレスを着ているかまったく気づかなかったのだ。ドレスを一枚ずつ着ていったどの段階でも、自分の姿を鏡で確認するのを怠ったせいだ。これほどすべてをさらけ出している状態では、

〝半裸〟というのは控えめな表現だ。ゾーイは羞恥と無念さでいたたまれなくなった。

きみはぼくを誘惑する、とラジは言った。なんてことかしら。彼はわたしが故意に体を見せびらかしたと思っているの？　とんでもないわ。ゾーイは最後のドレスを脱いで慎重に置き、少しでも涼しくなるのを願ってシャワーの下に立った。二度と寝室に戻りたくないし、彼の目を見たくもなかった。

ゾーイは冷たい水に打たれ、耐えられる限りそこに立っていた。やがて震えながらその場を離れ、山積みされていたタオルを一枚つかんだ。ラジはわたしの前で正直になってくれた。そのこと自体はうれしい。ゾーイは苦渋に満ちた顔でそう思った。もしわたしたちが近い距離で暮らしていくのなら、わたしはもっと慎重に行動しなければならない。今までと違ってもっと自覚を持たなければ。

彼のTシャツは膝まで達し、必要ないかとも思ったが、ゾーイはいちおうボクサーショーツもはいた。

「ゾーイ？」

ラジの穏やかな呼びかけが聞こえ、ゾーイが寝室をのぞくと、彼から洗面用具のポーチを手渡された。

歯を磨き終え、寝室に戻る時間がやってきた。ゾーイはまっすぐベッドに向かい、寝具に潜りこんだが、そのあいだ、一度も彼を見ることができなかった。

　ラジはバスルームに行き、冷水のシャワーを長々と浴びながら、最後にセックスをしたのはいつだったか思い出そうとした。何週間も前だ。ぼくはその方面でもっと努力する必要がある。もし定期的にセックスをする習慣があれば、ゾーイの誘惑にあれほど動揺することはなかっただろう。とはいえ、定期的に女性とベッドをともにしていたのは何年も前のことだ。最近はときどき一度限りの情事を楽しむが、一緒に朝まで過ごすことはない。長く一緒にいれば妙な期待を抱かせて面倒なことになり、追いつめられた気持ちになるだけだとわかったからだ。一度で終了《ワン・アンド・ダン》。ラジは自分の習慣をそう呼んでいる。関係は築かない。恋人は持たない。デートはしない。ナビラがぼくをそんなふうに仕向けたのだ。しかしゾーイは――触れることができないぼくの妻は、まったく未知の世界の女性だ……。

　ラジが寝室に戻ってきたとき、ゾーイはシーツのあいだからのぞき見た。彼は長身の引き締まった体にボクサーショーツだけを身につけている。ブロンズ色の腹部を覆う鋼のような筋肉に目を見張った。まるで芸術作品のようだ。ゾーイは呆然《ぼうぜん》とした面持ちでそう思い、そんな自分を疑った。

　いったいわたしはどうしてしまったの？

一瞬前まで恐怖しか感じなかった男性の体を

称賛しているとは。でも、ラジは特別だ。なぜか彼はまったく別の部類に属する。その理由はわからないけれど、とにかく彼はわたしがこれまで出会った中で最も男らしい。生来の優雅な身のこなしから、顎にうっすら伸びた黒いひげ、研ぎ澄まされた力強い肉体に至るまで、ラジのすべてが男らしさを声高に主張している。ゾーイはきつく目を閉じ、心をからっぽにしようと努めるうちに、ゆっくりと眠りに落ちていった。

その悪夢はゾーイが見慣れたものだった。彼女は老朽化した小屋の床を這《は》いまわっている。あざ笑う暴漢たちに取り囲まれ、そのうちの一人が鋭いナイフで彼女の服を切り裂いた。罠《わな》にはめられたのだ。叫んだり悲鳴をあげたりしただけでさらに殴られた。すでに体には激痛が走っている。片腕と片脚を骨折していたのだ。肋骨《ろっこつ》も何本か折れている気がする。目は腫れてよく見えなかったが、耳には異常がなく、暴漢たちが口々に言っている卑《ひ》猥《わい》な言葉は一つ残らず聞こえた。恐怖のあまり意識が切れ切れになり、ゾーイは脳震盪《のうしんとう》による吐き気と闘った。彼女が生き地獄に突き落とされたさらなる証拠のように、小屋の外では雷鳴と雨音がとどろいている。

「大丈夫……大丈夫だ」なんとなく聞き覚えのある声に励まされ、ゾーイは溺れる者が藁《わら》にもすがるようにその声に頼った。そして彼女は悪夢から引き上げられた。

「いいえ」ゾーイは震える声で言った。「大丈夫じゃない。少しも大丈夫じゃない。これからもずっと」

テントの外では雷が耳をつんざかんばかりの轟音《ごうおん》を響かせ、ゾーイはあえぐように怯《おび》えた声をもらした。外の嵐は本物だったのだ。数人の男にレイプされかけたあの恐ろしい夕方と同じように。

「嵐は嫌いなの」ゾーイはつぶやき、ラジの温かな腕につかまった。

「きみは悪夢を見てうなされ、助けを求めて叫んでいた。起こそうとしたんだが、きみはなかなか目を覚まさなかった」

「嵐が怖かったの。それで目が覚めたのかもしれない……悪夢の中でも嵐が吹き荒れ……でも本当は夢ではなく、実際にわたしの身に起きたことなの。もう何年も前なのに、いまだに夢に見る」ゾーイは身震いしながら言った。「ごめんなさい」

「謝る必要はない。夢を制御するなんてできないのだから」ラジは彼女から離れ、ベッドのそばのランタンをつけた。

「ラジを見て、ゾーイの目は不安に見開かれた。半裸の男性と同じベッドにいるなど、完全に未知の状況だった。しかもラジはどこから見ても雄々しい。その彼がグラスに水をつぎ、彼女に手渡した。

ゾーイは岩のような腹筋から目を離せず、顔を赤らめて水をいっきに飲んだ。脈絡のない性的な考えばかり頭に浮かび、それが腹立たしい。ラジがこんなにも近くにいるのが怖い。彼に触れたくなるのはもっと怖かった。

彼に触れるですって？　わたしは正気を失ってしまったの？　いつから男性に触れたくなったの？　不意にゾーイはラジに触れている自分を思い浮かべた。固い筋肉を覆うサテンのようになめらかな肌を撫《な》でている自分を。

妙な想像を振りきろうと体を起こしてグラスを置いた直後、またも雷鳴がとどろき、ゾーイはラジの腕の中へ伝書鳩《でんしょばと》のように飛びこんだ。

ラジはこれまで、芳香を放つ女性を抱きしめることに差し障りを感じたことは一度もなかった。ところが、その女性がゾーイの場合、抱きしめることには大きな差し障りがあった。彼は今しがた、助けを求めるゾーイの叫び声や〝やめて、お願い〟と何度も繰り返す声を聞いた。そこには彼女の恐怖や必死さがにじんでいた。

これほど小柄で無力な女性を哀願せざるをえない状況に追いこんだ何者かに対し、ラジはすさまじい怒りを覚えた。しかし、ゾーイが腕の中にいて、自分の体が意思とは無関係に反応している場合、事は複雑だった。これほど下腹部が張りつめていたら、ベッドから離れることもできない。ゾーイが気づいて怯えるかもしれないからだ。彼女の信用を失うのが怖かった。だが、ラジは石でできているわけではなかった。

ゾーイを抱きしめたまま、ラジは母国語で優しくなだめ、彼を恥じ入らせる性的衝動を全力で抑えこもうとした。「きみはレイプされたのか?」彼は激情に駆られて尋ねた。

ゾーイはたじろぎ、ラジの腕の中でほっそりした体を震わせ、やがて彼を見上げた。

「いいえ、わたしは幸運だったの。さんざん殴られたけれど、大事に至る前に救出されたから」

ラジは驚き、黒い眉を上げた。「幸運だって?」ゾーイの言葉に呆然としたものの、彼女が恐ろしい秘密を打ち明けてくれたことを光栄に思った。

ゾーイも笑い声をあげた。ごく自然な笑い声を。「そうよ、とても幸運だった。わたしは生還者なの」

その思いがけない笑みに、ラジの忍耐力は崩壊した。彼を見上げるゾーイの目は星のようにきらきらしている。その美しさに心を奪われてラジは頭を下げ、柔らかなピンクの唇を奪った。

再びテントの外で雷が鳴り響いた。稲光が地面を機銃掃射のように撃《う》ち抜《ぬ》き、テントの壁布を照らし出す。だがゾーイの耳には何一つ聞こえなかった。なぜなら、今の彼女の世界にはラジのキスしか存在しなかったからだ。それはゾーイが経験した過去のキスとはまったく違っていた。

そう、キスなら経験済みだった。大学時代に、楽しい雰囲気を味わおうとして何度か挑戦した。けれど、いずれも相手の男の子がキスだけでは満足できずに怒りだし、ゾーイは傷ついた。だけど、今回は……。

開いた唇のあいだからラジの舌が滑りこみ、初めて体験する凶暴な熱がゾーイの体の奥に火をつけた。ラジの手が髪をまさぐり、胸の頂が痛いほど硬くなっていく。彼の体のぬくもりと重みを受け止めながら、ゾーイは自分の体が彼の雄々しさを快く感じていることに気づいた。彼のにおいも快い。麝香《じゃこう》と高価な香水の組み合わせはこの上なく魅惑的で、ゾーイの中の根源的な何かを揺さぶった。ラジの舌は彼女の舌を絡め取り、ほどなく退却した。ゾーイのあらゆる神経を刺激し、もっと欲しいという切望を残して。

ラジはゾーイの体を遠ざけ、震える息を吸いながら、まるで世界でただ一人の女性であるかのように、天からの贈り物であるかのように、彼女を見つめた。その視線はゾーイの琴線に触れた。

「すまない」ラジはぎこちなく謝った。「きみに触れないという約束を破ってしまった」

「でも、わたしは逃げも叫びもしなかったでしょう？」ゾーイは彼の突然の退却に動揺していた。体はまだ歌い、脈動している。自分の体ではないかのように。

ラジはかすかに腫れた官能的な唇を引き結んだ。黒い目には後悔の色が浮かんでいる。

「言い訳はしない。だが、今みたいなことはもう二度と起きないだろう。それだけは確かだ。もう眠ったほうがいい、ゾーイ。きみは安全だ」

ほかに選択肢はなかったので、ゾーイは彼に背を向け、自分の場所であるベッドの端に戻った。このやり場のない気持ちはわたし自身のせいだ。ゾーイはただ自分を責めた。セックスが苦手だと言ったのはわたし。彼に恐怖を見せたのもわたし。その見返りにラジはわたしに触れないと誓った。当然、彼はその誓約を破った自分に腹を立てているはずだ。普段の彼は常に約束を守り、約束を破る者を蔑む男性に違いないから。

ゾーイは生まれて初めて男性を求めた。ラジに引き起こされた尋常ならざる興奮は忘れられそうにない。彼よりわたしのほうがその気になっていた。その証拠にラジはすみやかに中止した。ゾーイは顔を赤らめてそう思った。

いったいわたしはどうしたいの？

羞恥心をかなぐり捨てて正直になるなら、

ゾーイは彼の肩をつかんでこちらを向かせ、キスの続きをさせたかった。さらに心の奥底では、それ以上のことを切望していると自覚していた。いつどうしてそうなったのかはわからない。けれど、ようやくセックスに挑戦する心の準備ができたらしい。とはいえ、二人の合意の中にセックスが介在する余地はない。この結婚生活が数カ月で終わる運命であれば、なおさら。

翌朝ゾーイが目を覚ましたとき、すでにラジの姿はなかったが、彼女のスーツケースの一つがベッド脇の目立つ場所に置かれていた。ゾーイは笑顔で起き上がってスーツケースを開け、それからシャワーを浴びに行った。薄手のコットンのズボンとピンクのシャツを身につけ、きらきら光るサンダルを履いてバスルームから出ると、朝食が用意されていた。とてもおなかがすいていたので、ゾーイはたちまち平らげ、健康のためによさそうだと思って、あまり好きではないヨーグルトドリンクまで飲んだ。

テントの外に出たゾーイは、思いがけず色とりどりの花々に迎えられた。目の前にたくさんの花が並んでいる。殺伐とした砂漠の景色と大量の花との対比に驚嘆しながら、ゾーイは色彩豊かな花の中を歩いた。

「ゾーイ……そこから動くな!」無防備な格好で外に出てそぞろ歩くゾーイを見つけるな

り、ラジは叫んだ。彼女は幼児並みに注意力が欠如している。

「どうしたの――」ゾーイはしゃがんで観察していたピンクや紫の花から目を上げ、彼にきこうとした。

しかし、黒い巻き毛を朝日に輝かせ、Tシャツ姿のラジは、花を踏みつぶすのもかまわず、つかつかとゾーイに歩み寄った。そしてアラビア語で何か叫び、ゾーイの体をさっと抱き上げた。「きみはいったい足に何を履いているんだ?」信じられないという顔つきで尋ねる。

「サンダルよ」ゾーイは答えた。「そんなことより、今あなたは花蔓穂蘭《はなつるほらん》の上に立っているわ。大量のムラサキ科の花の中でたった一つの花蔓穂蘭の上に」

「蠍《さそり》や蛇が花の陰に潜んでいるんだ!」ラジは声を荒らげた。「ここでは適切な靴を履かなければ足を守れない」

「まあ……そうだったの」ゾーイはぞっとしてうなずき、ラジが怒ったのも当然だと認めた。「知らなかったわ。でも、花がとても美しくて……」

ゾーイをテントへと運ぶ途中、ラジは花の海に立つ彼女に目を奪われたことを思い出した。腰まで届くホワイトブロンドの髪が朝日を浴び、上質なプラチナのように輝いていた。抱き上げたときは、大きな緑の目をしばたたいて呆然と彼を見つめていた。

彼はゾーイがさらされている危険に背筋が凍りつき、反射的に行動を起こした。その結果、花を踏みつけて彼女を困惑させた。ゾーイは繊細だ。大きな脅威が潜んでいる環境に軽率な身なりで出てきてしまうのだから、少しそそっかしい面もある。だが、彼女の面倒を見るのはぼくの義務だ。彼女を守るのはぼくの仕事だ。一瞬、その責任の大きさがラジの双肩に重くのしかかった。誰かの責任を負うのは生まれて初めてだったからだ。

そうした責任を進んで引き受けたいわけではないが、ぼくは全力を尽くしてゾーイを守るだろう。ただし、彼女がぼくの本当の妻でないことは肝に銘じておく必要がある。ゾーイを自分の妻だと考えてはならない。

彼女はずっとこの国にいる人間ではなく、言わば短期の滞在客だ。ぼくは氷の男となり、彼女の魅力にも平然とした態度をとりつづける。彼女に関わりすぎて、事を複雑にするつもりはない。ぼくには強固な防御壁があり、それを死守するつもりだ。こまやかな気持ちは本当の妻のために取っておこう――再びそんな気持ちを経験できるのであれば。ゾーイに時間や労力を費やすのは無駄だ。たとえ花に囲まれた彼女がどんなに愛らしくても。

愛らしいだと？　何を愚かなことを！　ぼくはもっと思慮深いはずだ。ゾーイと適切な距離をおくだけの知性を有している。ラジは苦々しく自分に言い聞かせた。ぼくはナビラとの経験から貴重な教訓を得たのだから。

いくら清純に見えてもバージンとは限らない。その点に関して二度と女性を信じない。いくら愛らしい容姿をしていても信頼できるとは限らない。ナビラは恥知らずな嘘《うそ》をつき、ぼくはそれに気づかなかった。いくら美しくても愛すべき女性とは限らない。愛らしさや美しさはぼくの中で重要な位置を占めるべきではない。間違った女性を愛したら、地獄の苦しみを味わう羽目になる。二度と同じ過ちを犯すものか！

5

それから一時間足らずのち、ヘリコプターはまたたく間に二人を宮殿に運んだ。

悠久の歳月を経た柱廊式玄関を通り抜けると、ゾーイは別の時代の別の世界に連れてこられたような錯覚にとらわれた。柱がびっしりと立つ壮大な玄関ホール、精巧なタイルでできた壁、そして大勢の召使いに出迎えられた。ラジの帰還に感極まって涙を流す者もいる。彼は照れくさそうに召使いのお世辞を一蹴し、ゾーイを急《せ》かして建物の内部へと導いた。召使いたちが列をなしてあとに続く。

「父は宮殿の最も古い棟をぼくたちの居室と定めた……残念だ」ラジはぶっきらぼうに告げた。「もっとも、皇太子は代々そこに居住することになっている。だから父は伝統に従ったまでなのだが」

「だったら、なぜ残念なの？」ゾーイは周囲を見るのに忙しく、気もそぞろに尋ねた。階段から見える異国情緒あふれる中庭や、窓から見渡せる壮大な砂漠の景色、ドーム型の屋根、いかめしい近衛兵《このえへい》に目を奪われていた。近衛兵は中世の絵画から抜け出したようないでたちで、長剣と三日月刀で武装している。

ゾーイが来訪前に思い描いていたマラバンの宮殿そのものだが、予想よりはるかに荘厳で神秘的だった。

「ぼくたちに用意された寝室は一つしかないからだ」彼は仏頂面でため息をついた。「きみのプライバシーを確保するのが難しくなりそうだ」

「なんとかなるわ」ゾーイはのんきな口調で応じたが、ラジに会う前はこうした気楽さは想像もできなかった。ラジは心から信頼できる人だと確信していた。彼はけっしてわたしに何かを強いたりしない。でも、どうしてこれほどラジを信頼できるのだろう？　たぶん彼はわたしに共感や優しさや思いやりを示してくれたから。ゾーイは昨夜のことを思い出し、頬を染めた。

「きみはずいぶん寛大だが、厳密には、これはぼくたちの合意に反する」ラジは指摘し、彼女の気楽さを受け入れるのを拒んだ。

「やむをえないわ」長い脚で廊下を突っ切って石の階段をのぼるラジに遅れまいとゾーイは息をあえがせてあとを追った。「ずいぶん壮大な建物ね」

「現代的とは言いがたいが」ラジは険しい顔で応じ、召使いが手を伸ばすより先に大きな扉を開け、隅にベッドが一つ申し訳なさそうにかしこまるだけの広々とした部屋を彼女に見せた。

「でも、スペースはたくさんあるわ」ゾーイはなんとか彼を慰めようとしたが、かえって落胆させるだけかもしれないと案じた。

ゾーイのスーツケースはすでに、砂漠の野営地に運ばれたものと一緒に置かれていた。メイドの一人が荷ほどきをしたい様子でスーツケースのほうに身を乗り出し、意向をうかがうように見つめてくる。ラジは大きなペルシャ絨毯《じゅうたん》の上を行ったり来たりし、ジャングルのいらだった肉食獣よろしく難癖をつける対象を探していた。

続き部屋には、大きな洞窟めいた衣装室があった。

「このスイートルームは、ぼくの父が五十年余り前に居住して以来、ずっと使われていなかった」ラジは相変わらずいかめしい顔で説明した。

「あなたは使っていなかったの？」

「ああ。結婚するまでは両親の住まいと同じ区画で暮らすことになっているんだ」

ゾーイはこれまた滑稽なほど広いバスルームをのぞいてみた。大きなドーム型の屋根には星形のタイルがはまっている。浴槽やシャワーやトイレは哀れなほどひっそりと壁際に身を寄せ合っていた。「もっと家具が必要だわ」ゾーイは明るく言った。「真ん中にソファを置いたらどう？　わたしがクレオパトラのように寝そべって葡萄《ぶどう》を食べるの」

星のような輝きを帯びたラジの目がゾーイに向けられ、その強烈なまなざしに下腹部が熱く震えた。

「裸で？」

「もうっ、何を言っているの？」ゾーイは屈託のない口調で言おうとしたが、実際には顔を赤らめて小声でつぶやいていた。ラジを喜ばせるために裸でそこに横たわる自分を想像し、恥ずかしくて顔も上げられない。なんて愚かな想像を……。ゾーイは自分をあざ笑った。だって、こんな起伏に乏しい体を見せてもまったくセクシーじゃないでしょう？

「きみにスタッフを紹介したい」どんな状況でもきみの裸を見るのは大歓迎だ――出かか

った言葉をのみこみ、ラジは真面目な顔で告げた。二人のあいだに戯れはない、愚かな行為は厳禁だ、と彼は自分に命じた。

「スタッフ?」ゾーイは困惑した。

「おもにぼくの広報チームだが、きみにも個人秘書をつけることになる。随時スケジュールを知らせるために。父からいくつか要望があった。マラバンの大手新聞社のインタビューをきみに受けてほしいそうだ」

ゾーイは硬直し、金切り声をあげた。「インタビュー?」

「祖母の故国にやってきた感想や、婚礼を間近に控えた心境などを話すだけだ。ぼくのチームがあらかじめきみにアドバイスし、インタビューのあいだもずっと付き添う。適切なウエディングドレスや新しい服を助言するスタイリストもいる」

「ウエディングドレスはもう買ったし、服もひととおりそろっているわ」よかれと思い、ゾーイは指摘した。

「叔父との結婚のために購入したドレスは着てほしくない」ラジは率直に言った。「その目的のために買ったものは何一つ身につけてほしくないんだ」

自分が身につけるものがなぜそれほど問題になるのか、ゾーイは理解に苦しんだ。「あなたは少し神経質すぎるんじゃない?」そう言って彼をじっと見た。

ラジはゾーイがたじろぐほどまっすぐに見つめ返した。「いや、ぼくは自分が好きなもの、好きじゃないものを知っているだけだ。きみが心の中でほかの男を想定して選んだ何かを着るのは、気分が悪い」

　ゾーイは止めていた息を吐いた。思った以上に彼はわたしの過去を気にするようだ。そう思いながら、彼女はメイドが服をハンガーに吊《つ》るしている最中の衣装室に向かった。身を潜めておとなしくしているほうが安全に思えたからだ。

「婚礼のためのドレスや宝石選びで、明日からの数日はとても忙しくなるよ、ゾーイ」ラジはドア口から声をかけた。

「少しのあいだ、あなたの携帯電話を使わせてもらってもいい？」ゾーイは尋ねた。「わたしの電話は充電が必要なの。姉たちや祖父にこれまでのことを説明したいから」

「いいとも」ラジは自分の電話を取り出し、ロックを解除して彼女に渡した。「あとで会おう」

　そう言うなり、ラジは立ち去った。ゾーイはたった今まで彼がいた場所を見つめ、つややかな黒い巻き毛や見とれるほどハンサムな顔の面影を探した。彼と一緒にいたかった。もっと時間を共有したかった。そう思った瞬間、ゾーイは急に、望ましい分別と愚かな思考とのギャップに混乱した。

ラジが愛情深い配偶者としてわたしのそばにいて世話を焼くはずはない。本当の夫ではないのだから。それでもラジはわたしが必要とし、求めているものを提案してくれた。自立した人生、そして心も体も一線を画した生活を。なのになぜ、今のわたしはその良識的な合意が好ましく思えないの？　なぜ現在のラジがとっている態度を拒絶か何かのように感じているの？　ゾーイはその奇妙な思考を振り払い、自分に言い聞かせた。考えすぎるのはやめて前に進まなくてはと。

祖父はゾーイからの電話を喜び、ラジは必ずおまえを大切に扱ってくれるはずだと熱を込めて保証した。そして婚礼には必ず行くとつけ加えた。〝国を挙げての盛大な婚礼〟と言う際の祖父の声は実に誇らしげで、ゾーイはあきれてため息をこらえた。ウィニーとヴィヴィは祖父と違って突然の花婿の入れ替わりをにわかには受け入れがたいようだった。

「最初のご老人よりずっと若いじゃない」ヴィヴィは心配そうに警告した。「彼がなれなれしい態度をとってきたら要注意よ。何か魂胆があるかもしれないから」

ゾーイがラジの思慮深く優しい性格を説明すると、ウィニーは鼻を鳴らして一蹴した。

「彼はプリンスよ。未来の国王よ。自己中心的な男に決まっているわ。それにインターネットで見たけれど、びっくりするほどハンサムなのね。あなたが出した合意の条件を変えられないよう気をつけるのよ」

だが、その夜ゾーイがベッドに入るまでに、ラジが自己中心的な態度をとったり、合意の条件を変えたりする気配はなかった。先ほど彼はゾーイとともに、二人専用の中庭の木陰で夕食をとった。中庭の大木や植物はいくぶん手入れが不足していた。やがてラジは仕事を理由に退席した。

一方、ゾーイは新調する服のために採寸したうえで、パソコンの画面上でデザイナーズブランドのドレスを吟味し、自分の好みをスタイリストに伝えた。その日が終わるころには疲れ果て、ラジはどこにいるのだろうと思いながらも、目を開けていられなくなった。

ラジは夜遅くまで仕事に没頭し、仕事部屋のソファで寝た。それが安全な選択だ。ところが、ゾーイが裸でソファの上でポーズをとる妄想が睡眠を妨げ、彼は朝四時に起きて携帯電話でソファを検索し、なぜか金に糸目をつけずに購入を決意した。

そのとたん葛藤に苛《さいな》まれ、ラジはうなり声をあげた。ぼくはソファなど欲しくない。ゾーイとのセックスを求めてなどいない――ぼくの意志の力が衰退期にあるとき以外は。いったいなぜぼくは彼女が寝そべるためのソファを購入しようとしているんだ？　彼は紫色のベルベットのソファとゾーイの映像を重ね合わせ、大きく息を吐いて頭の下のクッションを思いきり殴った。ソファはいらない。戯れも、セックスも、いかなる親密さもいらない。ラジは険しい顔で自分に言い聞かせた。

「あまり快適な宿泊施設ではないわね」ヴィヴィはいかにも不服そうに指摘した。

ゾーイは辛辣な言葉を返そうとしたが、なんとか思いとどまった。昨夜到着してからずっと批判的な意見ばかり述べている姉に、ゾーイはいらだち始めていた。「居心地はとてもいいわ。ラジはわたしに、宮殿内の使われていない部屋から家具を持ってきてもいいし、新品を購入してもいいと言ってくれたし。でも、現代的な家具はこの宮殿に合わないと思うの。それに、わたし自身が婚礼の準備に追われ、なかなか時間が持てないのよ」

「あの巨大なバスルームは滑稽ね」ヴィヴィはなおも意地悪く言った。

「ラジのお父様はどんな改築にも首を縦に振らないの。できるだけこのままの形で宮殿を保存したがっていて……。わたしにも理解できる。これほど古い歴史を持つ建物だもの。宮殿の単なる所有者ではなく、次の世代に引き継ぐ責任を負った管理人みたいなお気持ちなのだと思う」

「ゾーイ、あなたは以前より自信にあふれている……顔にも声にもはっきりと表れているわ。わたしもあなたの意見に賛成よ」ウィニーが温かな声で口を挟んだ。「インタビューも受けているんですって？　そんな日が来るなんて夢にも思わなかった」

「あら、インタビューなんて簡単よ」ゾーイは誇らしげに応じた。「あまりに私的な質問はラジの広報チームが阻止してくれるし、何を着たらいいかも助言してくれる。それ以外のこともすべて」

「でも、ウエディングドレスは自分で選んだのね」ウィニーは訳知り顔で言い、妹のほっそりしたまばゆい姿を丹念に観察した。清楚《せいそ》な襟ぐりと優美な袖が際立つスレンダーラインのドレス。羽根のように軽いベールには精巧な刺繍《ししゅう》が施され、クリスタルとパールが縫いつけられている。ゾーイの小さな体にはこの上なくぴったりだ。「とても上品だわ」

「もうっ、話題を変えないでよ、ウィニー」ヴィヴィがぶっきらぼうに割りこんだ。単なる雑談より、もっと重要なこと――いかにゾーイを守るかについて話をしたいのだ。「あなたもわたしと同じくらい心配しているはずよ。昨夜、話し合ったでしょう、姉さん」

「そして、もうそれについては議論しつくしたわ」ウィニーはきっぱりと言い、気性の激しい妹に懇願の目を向けた。「これはゾーイが決めたことよ。賽《さい》は投げられた。二人はすでに結婚したんだから」

「だけど、一つの寝室を共有しているのよ。この宮殿は小さな町ほど広いのに！」ヴィヴィはその事態に大きな疑念と不安を抱いていた。「どうすればゾーイが二倍の体格を持つ男性を撃退できるというの？」

姉二人の会話にゾーイは慌てた。「わたしが彼を撃退する必要はないわ。ラジは別の部屋で寝ているの。最初の夜からずっとそう。ちゃんと説明したでしょう？　寝室が一つしかあてがわれないのはしかたのないことなのに、ラジは謝ってくれた」

「彼は如才ない世慣れた肉食獣よ」ヴィヴィはついに本音を明かし、はっきりと非難した。穏やかな話し方をする見目麗しいラジを一目見るなり、心の病を抱える世間知らずな妹にとって恐ろしい脅威だと感じたからだ。あれほどハンサムでお金持ちの男性が肉食獣でないはずがない。ゾーイはレイプ未遂によって甚大な痛手を被った。ヴィヴィは愛する妹に、心の平安を脅かす恐れのあるいかなる環境にも飛びこんでほしくなかった。「彼はどんなに難しい状況下でも、説得力のある言葉に窮する男性ではないわ」

「ラジは肉食獣じゃないわ」ゾーイは不快感もあらわに言い返した。「優しい人よ。礼儀正しくて紳士的だし。それが今のわたしたちに必要なすべてなの」

「それくらいにしておきなさい、ヴィヴィ」

ウィニーは困り顔でたしなめた。「あなたはゾーイによけいな圧力をかけているだけ」

ゾーイは口紅を塗り直した。その手が怒りでかすかに震える。ラジを肉食獣と呼んだヴィヴィが憎い。昨夜の晩餐会《ばんさんかい》で一時間しか会っていないヴィヴィに彼の何がわかるの？　気難しい祖父でさえラジには好印象を持たざるをえず、姉たちの夫と違って女たらしではないようだと満足げに語っていたのに。

ゾーイが動くたびにダイヤモンドが揺れた。ラジはティアラとネックレスとイヤリングの入った宝石箱を贈ってくれた。ゾーイはそれが彼の家に伝わる家宝なのか、彼女のためだけに購入したものなのかわからず、尋ねるチャンスもなかった。二週間前に砂漠の野営地から宮殿に戻って以来、ラジに会う時間はごく限られていたからだ。二人は毎晩一緒に夕食をとったが、彼はよそよそしく、ゾーイはその仮面をはぎ取る方法を知らなかった。

なんとか和やかな雰囲気を作ろうと努めたが、ラジは断固として心を閉ざし、他人行儀な言動に終始した。そんな彼にゾーイはひどくいらだった。いったいラジに何が起きたのか、彼が何を考えているのか、さっぱりわからない。もっと温かく穏やかで、親しみやすかったラジの一面は消えていた――最初から存在していなかったかのように。

ゾーイはまったく知らなかったが、ラジの態度に最もいらだっていたのは父である国王だった。

「正常な男なら、誰でもゾーイをそばに置いておきたいと思うぞ！」タヒル国王は無表情の息子に詰め寄った。

「ぼくは彼女を妻としてずっとそばに置いておくつもりはありません」ラジはきっぱりと言った。「それは父上もご存じのはずです」

「彼女は美しく優しい女性だ。会った者はみな、彼女を高く評価している。あの資質と血筋はおまえにとってすばらしい財産になるだろう」国王は憤然と反論した。「なぜ美しい妻をおまえのベッドに寝かせ、自分は仕事部屋で眠っているんだ？　女の口説き方を忘れたのか？」

鋼のごとき頑固さに火がつき、ラジは歯を食いしばった。「ゾーイは偽装結婚を承諾してくれました。ぼくは彼女との合意を守っていきます。父上との合意と同じく」

沈黙が落ち、国王は室内を行ったり来たりし始めた。意見の衝突がもたらす苦々しい沈黙は、タヒルとラジの話し合いの特徴とも言えるものだった。国王が沈黙を破るにはかなりの努力を要した。

「わたしはおまえの母親を愛していた。彼女がわたしの妻として不幸だったことは知っている。だが、わたしは心から愛していた。それだけに、彼女が自ら命を絶ったことに打ちのめされた」父は荒々しく言葉を吐き出した。「わたしは自分の後悔と過ちを背負って生きていかねばならぬ。それでもいまだに、彼女とともに過ごした時間には感謝している」

突然の告白にすっかり面食らい、ラジは必死に感情をこらえ、父の顔を見ることができなかった。父が母を愛していると感じたことは一度もない。だが、そういえば、母が亡くなったあと、父は一年以上も世捨て人のような暮らしをしていた。罪悪感より悲しみのほうが大きかったのだろうか。ラジは今さらながらそのことに気づき、当時の心の傷がほんの少し和らぐのを感じた。

しかし皮肉なことに、その新事実でさえラジの憂いを晴らすには至らなかった。彼の心にも体にも訴えかけてくる美しい女性、だがいずれは彼から去っていく女性との結婚に、祝福の要素は何一つなかった。ラジの母は自殺によって彼から去った。ナビラは彼が大切にしていたものすべてを裏切って彼から去った。そしてゾーイもいつか去っていく。ぼくはそれに同意した。そうだろう？

そのことを思い出し、ラジは頬を上気させた。支配権を握っているのはぼくだ。ぼくは自ら選んだ道を歩いている。ゾーイがぼくの人生から去るとき、ぼくは再び自由を取り戻したことを感謝するだろう。

国を挙げての婚礼はあまりに規模が大きく、しかも厳粛で、ずっと笑みを作りつづけているゾーイは顔が筋肉痛になりそうだった。その場にいる人々すべての視線を集めることは負担が大きかったが、あまり神経質にならないよう心がけた。注目の的になるのは花嫁の宿命なのだから。でも、わたしはとても幸せだ。祖父に二人の姉、その夫たちも出席してくれた。

残念なのは、この祝典の格式の高さのせいで、ウィニーとヴィヴィが幼い子供たちを家に置いてこなければならなかったことだ。ウィニーの息子テディはとても活発で、よちよち歩きの娘はいたずら盛りだ。ヴィヴィの双子の息子に至っては、少しもじっと座っていられない。

甥《おい》や姪《めい》の顔を見られず、ゾーイはがっかりした。昔から子供が大好きなのに、自分の子供を持てそうにないのは悲しい。

けれど、ラジに魅力を感じていることや彼との陶然とするキスの記憶は、ゾーイに未来への希望を抱かせた。いつの日か、ほかの多くの女性と同じように男性と親密な関係を築くことができるかもしれない。もしそれが実現したら、我が子を持てる可能性もある。

何よりマラバンに来てから、内側に眠っていた性格やさまざまな感情が引き出され、祖母の故国での滞在は自分が生きる意欲を持つためには最良の選択だったと確信した。この世には発見されるのを待っている新しい世界があるのだ。ゾーイの胸は生まれて初めて希望と楽観に満たされていた。

だが、今はまず、結婚の一連の儀式を無事に終えなければならない。ゾーイはため息をこらえて思案した。笑みを絶やさずに、いかめしい顔の新郎と披露宴に臨まなくてはならない。ゾーイは結婚を承諾した日を最後に、ラジの笑顔を見たことがなかった。セクシーな唇の端に微笑の宿ることがまれにあり、そんなときゾーイは目を凝らすが、本物の笑みになることはけっしてなかった。公式の記念撮影のときは言うまでもなく。

だが、ラジの行く先々には多くの人が集まってきた。皇太子に復帰したことで、各国の王族から大物実業家、高級外交官、地元の要人に至るまで多くの重要人物が招待されていた。いつか彼は父親とは違ったやり方でマラバンを発展させるだろうという無神経な意見を、ラジは否定していたが、彼の人気ぶりは誰の目にも明らかだった。

披露宴が終わりに差しかかると、ゾーイは夫から離れ、姉たちのほうへ歩いていった。

ゾーイはすでにアイシャ王妃とも仕事をしていた。王妃はファリダを通訳に指名し、よき王家の妻になるために必要な心構えを伝えたいと主張し、ファリダをおおいに困惑させた。男女同権主義者が王妃の言葉を聞きつけたら、鬼の首を取ったように王妃への批判を活発化させるだろう。そう考えるとゾーイは愉快になったが、高齢の王妃は別世界で育ったのだから無理もない。夫の好意をつなぎ止めることに女性の幸福と人生がかかっていた世界で。幸い、ラジは王妃の主張に賛同しないだろう。ゾーイはほっとしつつ、姉たちのもとへ行く前に化粧室に向かった。

その途中、廊下に並ぶ椅子から背の高い細身の女性が立ち上がった。「妃殿下」伏し目がちの控えめな態度で呼びかける。「少しお話ししてもよろしいでしょうか?」

まれに見る美人だった。非の打ちどころのない上品な卵形の顔、長いまつげに縁取られたアーモンド形の茶色の目、まっすぐに伸びた細い鼻、ふっくらした唇。抜群のスタイルを誇示するオーダーメイドとおぼしき洗練されたスーツを身につけ、スカートの丈はこの国の慣習に従い、足首まで達している。金色の生地は、つやのある小麦色の肌と豊かに波打つ黒髪を見事に引き立てていた。

「わたしはナビラ・スラマンです」女性は穏やかな口調で名乗った。「ラジの最初の恋人です。ご存じかと思いますが、わたしたちは残念な別れ方をしました」

ゾーイは完全に混乱し、曖昧にうなずくし

かなかった。なぜこの人はわたしに近づいてきたの？　不愉快だわ。

「わたしはあなたのおじい様が所有されている建設会社の一つを経営しています。ミスター・フォタキスが仕事関係の一団とともにわたしをここへ連れてきてくださいました。わたし個人宛てに招待状が送られてくることは絶対にありませんから」

ナビラは包み隠さず認め、ゾーイをいっそう驚かせた。

「わたしは多くの経験を積んだキャリアウーマンです。仕事でマラバンに戻ってきた今、過去の過ちに将来を汚されたくありません。ラジとのつかの間の関係のせいで、わたしの両親は多大な苦痛を受けました。父は外交官ですが、わたしの不始末のせいで、ずっと昇進を見送られてきました。こうしてあなたにお声をかけたのは、あれから長い時間が過ぎた今、過去は水に流すようラジを説得していただきたいからです」

あまりにぶしつけな頼みにゾーイはたじろいだ。「ごめんなさい。わたしは仲介役として適任ではないと思います。わたしはラジの人生に干渉しませんし、彼もわたしの人生に口出しはしません」

「彼はずいぶん現代的になったようですね」

ナビラは美しい頭を左右に振り、愉快そうにほほ笑んだ。「お伝えするべきだと思いますので申し上げますが、わたしはメジャー・ホールディングスの最高経営責任者《CEO》としてジョサイアス・プロジェクトを担当します。ラジとわたしは近々一緒に仕事をするようになるでしょう。どうかそのことを彼にお知らせください。では、失礼いたします」

「でも、彼はここにいます。直接、話をしたらいかが？」

「いいえ。多くの人の前で彼を驚かせ、気まずい思いをさせたくありません」ナビラはきっぱりと答えた。「わたしたちは別れてから、一度も会っていないので」

「まあ……」ゾーイは優雅な身ごなしで去っていく黒髪の美女を困惑して見送り、多くの思いを抱えて化粧室に入った。

なんて華やかな女性だろう。しかも頭がよく、仕事で成功している。かつてラジが愛し、結婚を望んだ女性……。でも、ずっと昔、八年も前のことよ。先史時代に等しい。しかし、自分にそう言い聞かせても、ナビラがどういう女性なのか尋ねずにはいられず、ゾーイはまっすぐ祖父のもとに行った。

「ナビラ・スラマン？ 切れ者で、相当なやり手だ」祖父は率直に答えた。「そうでなければ、建築の分野であれほどの成功を収めるのは不可能だ。彼女がラジの元恋人だと？」祖父の顔がゆがむ。「それを知っていたら、わたしは彼女を連れてこなかった」

「あら、わたしは別にかまわないの」姉たちが合流したので、ゾーイは慌てて取り繕ったが、当然ながらナビラとの会話を再現する羽目になった。

「ずいぶん厚かましい人ね！」ヴィヴィは憤慨して言った。「わたしが一緒にいればよかった。それに、あなたの対応は少々問題ありね。わたしたちから何も学んでいないの？」

ゾーイは目をしばたたき、姉の顔をしげしげと眺めた。「どういう意味？」

「あなたはラジの元恋人と争わなかった。複雑な感情に駆られて当然なのに、きわめて礼儀正しく話をした。でも、あなたとラジが互いの人生に干渉しないとまで彼女に言ったのは、考えが浅かったんじゃない？」ヴィヴィは眉間に皺《しわ》を寄せた。「そんな新婚夫婦は普通じゃないでしょう？　あなたは世紀の恋愛結婚だと彼女に思わせるべきだったのよ」

「やめなさい、ヴィヴィ」ウィニーが割りこんだ。「ゾーイがそれを望んでいるならともかく、あえてそんなふりをする必要がどこにあるの？　これは偽装結婚だし、二人ともそれを受け入れている。あなたやわたしのときと違い、これは私的な何かが介在する結婚じゃないのよ」

ゾーイははっとした。そうよ、これは私的な何かが介在する結婚ではない。姉たちと違って、わたしは結婚前に関係を持ったわけではないのだから。けれどゾーイはその事実を認めてもなお、ナビラの美しい顔を引っかいてやりたくなった自分に面食らった。だってナビラはラジを傷つけた人だもの。でも、ずっと昔のことだし、ラジは完璧に自分の身は自分で守れる人よ。

祝いの催しがほぼ終わると、ゾーイはハネムーンに備えて着替えをしに行った。二人は二週間、公の場から姿を消すことになっている。彼女はプライバシーを取り戻すのが待ちきれなかった。アル・バサラ王家は、かつてバニア領だったペルシア湾沿いにとても快適な別荘を所有しているらしい。ラジはゾーイに、緑豊かな美しい祖母の出生地を見せると約束してくれていた。

ゾーイはカジュアルなスカートとTシャツに着替え、派手なハイヒールのサンダルを合わせた。多くのコレクションの中の一足だが、一度も履いたことがない。彼女は異常なまでに靴へのこだわりが強く、そのことを自覚してもいた。

「こんなに早く逃亡できて幸運だったな」ラジはそう言ってリムジンに乗りこみ、ゾーイの隣に座った。引き締まったしなやかな体をジーンズとシャツに包み、彼女と同じく大急ぎで着替えたのか、黒い巻き毛が少々乱れている。「父があれほど熱心にぼくたちをハネムーンに送り出さなかったら、祝宴は今週いっぱい続いていただろう」

「この国の結婚の祝宴は数日続くのが普通だとファリダが言っていたわ。でも、わたしたちの式は二度目だから」ゾーイは当たり障りのない言葉を返し、心の中で気合いを入れた。良心の命じるがままに行動するのよ。プロジェクト名は思い出せないけれど、元恋人と一緒に仕事をする可能性があることをラジに警告しなくては。「披露宴で、あなたの元恋人のナビラに会ったわ」

ラジの尊大な頭がさっと彼女のほうに向けられた。ハンサムな顔には恐ろしげな表情が浮かんでいる。「ありえない。彼女が招待されているはずがない。ナビラというのはマラバンではありふれた名だ」

「祖父の同行者の一人だったみたい。彼女はメジャー・ホールディングスという会社のCEOをしていて、あるプロジェクトであなたと一緒に仕事をするはずだと言っていたわ。そのことをあなたに警告してほしいと頼まれたの」

「ジョサイアス・プロジェクトだ」黄昏時《たそがれどき》の陽光を浴び、ラジの黒い目が銀色にきらめいた。「だが、警告など必要ない。ぼくはそれほど柔じゃない」彼は冷ややかに応じた。

その後の長い移動の時間、ラジは一言も話さなかった。空港までの車中でも、専用ジェットの機内でも、SUVででこぼこ道を走っているあいだも、ずっと押し黙っていた。

あいにくその不気味な沈黙が、ゾーイの知りたくない彼の繊細さの度合いを教えてくれた。ラジは火の上でぐらぐら揺れる油入りの鍋のように見えるが、蓋の役割を果たす強い自制心によって感情と反応をしっかり抑えこんでいる。

とはいえ、それを知ったところで、ゾーイは少しもうれしくなかった。ラジが何を考えているのかさっぱりわからない。ラジと知り合ってから初めて、ゾーイは強い孤独感に襲われた。


再びナビラのあざとい攻撃にさらされるかもしれない……。

6

ラジはその腹立たしい思考を振りきり、SUVを降りた。目の前には子供のころに彼の家族が使っていた、一九二〇年代に建てられた大きな別荘があるはずだった。ところが、ラジは目の前の光景に目をしばたたいた。その場所には、以前よりはるかに小さな新しい建物が立っていた。ラジはその謎を解明しようと、皇太子夫妻の警護責任者である陸軍少佐を呼んだ。

数分後、ラジはゾーイのもとに戻った。

「父は数年前に古い別荘を取り壊したらしい。あちこち傷んでいて、改修するには大がかりになりすぎると判断したようだ」ラジは説明を続けた。「ここにはかつて、バニア王家に六人の娘がいた時代に、きみの曽祖父母《そうそふぼ》が建てた屋敷があった。ぼくの父は海が好きで、ここを使うが、王妃はあまり海が好きではないから、ここにはめったに来ない」

ゾーイはラジがようやく口を利いてくれたことに安堵《あんど》した。「あなたは子供のころ、よくここに来ていたの？」

「幼いころは両親とよく来ていた。母はここが大好きだった」ラジの精悍《せいかん》な顔がこわばった。「波打ち際をスキップして笑っていた母の姿を覚えている。礼儀作法やしきたりを気にしなくていいし、母のふるまいを監視して批判する者もいない。母はここでは普通の女性に戻ることができたんだ。それがうれしかったんだろう」

「普通の女性？」ゾーイはその言い方が気になって尋ねた。

ラジは体の向きを変えた——彼女の質問から逃れるために。過去に負った心の傷について話したくないからだ。経験上、苦しみは分かち合っても半分にならない。だからラジははぐらかす道を選び、すかさず話題を変えた。

「父はぼくに、ここの別荘のサイズを縮小したことを言うべきだった。父はもっぱら一人でここに来るので、寝室は一つしかないかもしれない」

「ああ、もうその議論はやめましょう」ゾーイはおどけて肩をおおげさにすくめた。ラジの目は彼女の生き生きした顔に釘《くぎ》づけになった。「わたしたちは大人なんだもの。なんとかしてやり過ごしましょう。たとえあなたがわたしを床で寝かせることになっても！」

ゾーイの緑色の目がエメラルドのようなきらめきを放った。ラジは無意識に彼女の背中に手を添え、別荘へ誘導していることに気づいた。すでに日が暮れ、小石が敷かれた道をハイヒールでよろめかずに歩くのは至難の業だと思ったからだ。

ラジはその日ずっとゾーイがおぼつかない足どりで歩き、バランスを崩すたび家具につかまっているのを見ていた。彼女はよくハイヒールを履くが、まだ安定した歩き方を身につけていないらしい。転んで怪我《けが》をするのではないかと思うと、ラジは彼女の衣装室に行ってそれらのばかげた靴をすべて燃やしたくなる。そんな気持ちに駆られる自分に、ラジは困惑を覚えた。

「もちろん、ぼくはきみを床に寝かせたりしない」

「あなたも床に寝てはだめよ」ゾーイは警告した。

照明に照らされた明るい玄関が近づいてきた。建物正面の二階には緩やかに湾曲した美しいベランダがある。警護員たちが安全確認のため先に別荘へ入った。

「結婚後、あなたはどこで寝ていたの?」

「仕事部屋だ」

「そこにベッドはあるの?」

ラジは肩をすくめた。「ソファがある」

ゾーイはいらだちをあらわにした。「あなたはそんなにわたしが怖いの?」

彼女の思いがけない発言に、ラジの頬は怒りに上気し、目が金色に光った。そこへ、海辺の家の内部をあらためて終えた警護員たちがタイミングよく戻ってきて、二人を室内へと誘導した。一階の居間も、螺旋《らせん》階段をのぼった先にある寝室とバスルームも、意外なほど広々としていて現代的だった。

「キッチンがないわ!」テラスのドアの向こうにある壁に囲まれたプールを一瞥《いちべつ》したあと、ゾーイは驚きの声をあげた。「食事はどうするの?」

「丘の陰にある新しい宿泊施設にスタッフが滞在していて、ぼくたちの要求に応じて料理を作り、ここまで運んでくる」ラジは説明した。「あまり効率的ではないが、父は一人の時間を楽しんでいるんだ」

「おなかがすいたわ」

「すぐに用意させよう」

「じゃあ、シャワーを浴びて、もっと楽な服に着替えてくるわ」ゾーイは朗らかに言った。

階段をのぼっている途中で、ラジが話しかけてきた。「ぼくはきみが怖いわけではない。きみに誘惑され、約束を破ってしまうのを危惧しているわけでもない」彼女をまっすぐ見て続ける。「だが、きみにプライバシーを与えるというぼくの約束を父が妨害していることには怒りを禁じえない」

「どうして国王がそんなことを？」ゾーイは小首をかしげて彼を見下ろした。ラジの誤解に頬が熱くなる。わたしは自分から彼を誘惑しようと考えたことはないけれど、彼に口説かれることを熱望している。この胸のときめきの理由を探求したくてたまらないから。ただのセックス、本能的な欲求よ。ゾーイはやましい気分で自分に言い聞かせた。

きわめて正常なことよ。こうした欲求を恥じる必要はまったくない。わたしにとって不運なのは、自分の約束を守るという信念を持ち、有利な状況を生かそうとしない高潔な男性と結婚したこと。逆に幸運な点は、わたしが正直に自分の気持ちを彼に伝える筋書きが想像もできないこと。つまり、恥をかく恐れもないわけだ。

わたしにできるのはせいぜい、ラジの肉体

美を称賛することだけ。すばらしく広い肩に細い腰、長い脚は磁石のようにわたしの目を釘づけにする。わたしを見上げる彼の目は銀色に光る星のようだ。誰が見ても、夢のようにセクシーですてきな男性だもの、わたしが心を奪われても不思議はない……。

ゾーイはやるせない気分になった。ラジはわたしの防護壁を突破し、予想もしなかった感情をわたしに抱かせた。でも、残念ながら彼は意図的に行ったわけではない。

「父はきみがぼくの完璧な永遠の妻になると信じているんだ。これが本物の結婚になるのを望んでいる。父は明らかに失望することになるだろう」ラジはぶっきらぼうに告げた。

「まあ……」ゾーイは絶句した。本物の結婚になる可能性があるかどうかラジが尋ねてくれないことに傷ついて、急いで寝室に上がり、バスルームに駆けこんだ。

ラジに関しては、わたしの知らないことがあまりに多い。知っているのは彼の大ざっぱな生い立ちと、初恋の女性が彼を裏切ったということくらいだ。もっとも、わたしはナビラが彼の初恋の相手だと思いこんでいたけれど、本当にそうなの？

マラバンのホームページから入手できる王家の情報はわずかしかなかった。無知はけっして善ではない。わたしが母親のことを尋ねたら、ラジは凍りついて話題を変えた。ナビラだけでなく、明らかに母親のことも禁断の領域に属するようだ。ゾーイはシャワーを浴びながらため息をもらした。いったい何がラジをあれほど複雑で打ち解けない性格にしたの？

ゾーイが階上に現れると、ラジはノートパソコンから顔を上げた。彼女の着ている淡い色調のふわりとしたワンピースからは、肩の大半とほっそりした形のいい脚がのぞいている。最も辛辣な批評家でさえ挑発的な服装とは見なさないだろう。なのに、階段を下りきったゾーイのかわいい胸がわずかに揺れたとき、下腹部が即座に張りつめ、ラジは思わず自分を罵った。猛々《たけだけ》しい欲望を抑えこもうとしたが、手がつけられないほど急速にふくれあがっていく。影響を受けないようにするには、彼女の全身を布ですっぽり覆う必要がありそうだ。だが、裸同然の彼女の姿をすでに見ていて、その映像をすぐに呼び出すことができるのだから、どれほどの効果があるだろう？

ラジは歯を食いしばり、ゾーイがもたらす自分の弱さを憎んだ。欲しがるべきではないものを欲しがる弱さを。意志が強く、思慮深い自分を誇りに思っていたのに。

ナビラとのことは一人の男に一生の傷を負わせるほど大きな過ちであり、ラジの判断が常に正しいわけではないという警告になった。欲しいものを手に入れるために、あるいは単に好印象を与え、自分の性格の見苦しい部分を隠すために、人は嘘《うそ》をつき、欺く。だが少なくとも、ぼくはもうナビラに怒りを抱いていない、とラジはぼんやりと思った。時が彼の苦痛を癒やし、成熟が人間性というものを教えてくれた。

たとえそうだとしても、いかなる形であれ、ほかの人たちのいる前でナビラに対処しなければならないと思うと、強い不快感が湧き起こった。ましてそれが仕事の場であるなら。さらに不愉快なのは、ナビラが大胆にもゾーイに接触したことだ。なんと恥知らずな。計算高い厚顔な女だとわかってはいたが、そこまで無神経な行動に出た理由は理解できなかった。

「まあ……おいしそう！」ゾーイは料理を見て目を輝かせた。ラジの前のテーブルにはたくさんの皿が並んでいる。「先に食べていてもよかったのに」

「多少の礼儀はわきまえている」ラジはかすれた声で言い、鋭い目に愉快そうな表情を浮かべた。

「あなたが礼儀知らずとは言っていないわ」ゾーイは困惑してつぶやき、自分の皿に料理を取り分けた。ラジも倣う。「でも、シャワーに時間がかかったから」

ラジは彼女の美しい体に水滴がしたたり落ちる光景を想像せずにいられなかった。「ぼくは出発前に浴びてきた」

「わたしは時間がなかったの。それに、車内は冷房があったけれど、とても暑かった」ゾーイはため息をついた。「ところで、ラジ、あなたに正直に話してほしいことがあるの。もしわたしが事実を知らないままだと、誰かに妙なことを言って当惑させてしまう可能性もあるでしょう？」ゾーイはシャワーの最中に思いついた口実を持ち出し、ラジの口を開かせようと試みた。「あなたのお母様はどういう方だったの？」

ラジは身をこわばらせ、喉をごくりと鳴らした。「大半の人から見たら、取るに足りない女性だ。アイシャ王妃と父の二番目の妻ファイルーズはどちらも、近隣の王国のプリンセスだった。父は二十代前半に政治的な同盟を結ぶために二人と結婚した。自分が政略結婚の義務を果たしたものだから、八年前にぼくにも同じことを期待したんだ。その点は理解できるだろう？」

「ええ。でも、国王はマラバンの歴史の中でもとりわけ不安定な時代――戦争や対立が頻繁に起きていた時代に生まれ育った。あなたが生まれたあとに戦争や貧困はなかったから、近隣諸国との同盟はさほど必要ではなかったはずよ」ゾーイはすぐれた記憶力を発揮し、マラバンに関して書かれた記述を思い起こした。「さあ、あなたのお母様のことを教えて。なぜ取るに足りない女性なの？」

「一般庶民の看護師だったんだ。父は五十代で心臓の手術を受け、そのとき父の世話をしたのが母だった」

ゾーイは納得してほほ笑んだ。「つまり恋愛結婚だったのね？」

「いや、子供を産めそうな若い女性を三番目の妻にしただけだ。少なくともぼくはずっとそう思っていた」ラジはセクシーな唇をゆがめた。「それが広く認識されていた現実だ。だからつい先日、父の口から母を愛していたと聞くまで、恋愛結婚だとは思いもしなかった。今は自分の不明を恥じているが、ぼくにも言い分はある。母の結婚生活は実に不幸だったんだ。忘れようにも忘れられない」

「なぜ不幸だったと思うの？」

「状況を想像してみてくれ」ラジは悲しげに言った。「長いあいだ子供に恵まれなかった年上の妻が二人、はるかに若い新参者の挑戦を受けたのだから、気に入らないに決まっている。二人はぼくの母に、自分たちの夫と同じ空気を吸う資格があるとさえ見なしていなかった。そして自分たちにできなかったこと、つまり妊娠を母があっさり成し遂げたとき、彼女たちの怒りと嫉妬は憎悪に変わった。二人は母をいじめ、ごみのように扱った。父は静かな生活を好み、妻たちに干渉しなかった。つまり妻たちの不和を座視したんだ」

「お気の毒に」ゾーイはつぶやいた。当時のラジは母親が虐待されていることを充分に理解できる年齢だったに違いない。思うに、そのころから父親やアイシャ王妃との関係がこじれ始めたのだろう。

「ぼくが九歳になるまでに母はひどい鬱状態に陥り、薬を過剰に摂取して自ら命を絶った。その場所になったのが、かつてここにあった古い別荘だ。そのせいもあって父は取り壊したのかもしれない」ラジの口調は感情的になっていた。「これできみはぼくの子供時代の不幸話をすべて知ったわけだ」

ゾーイは小さな手でラジの大きな手を握り、浅黒い肌を撫《な》でた。自然に出た行動だった。

「話してくれてありがとう。それほどつらい話だと知っていたら、無理に聞き出そうとはしなかったかもしれない」

「母は愛情あふれるすばらしい人だった。だが、ぼくを置いていった母を許せるようになるには長い歳月が必要だった」ラジは陰鬱な口調で告白した。

「わたしには両親の記憶がないの。車の事故で亡くなったとき、わたしはまだ赤ん坊だったから」ゾーイは無念そうに言った。「あなたの記憶を大事にして、どうかお父様との関係改善を試みてちょうだい。誰にでも家族が必要なのよ、ラジ」

「ぼくは誰も必要としたくない。できる限り自立したほうが安全だ。食事の最後に甘いものは欲しくないか?」ラジは何気ない口調で尋ねた。「食器棚の向こうに冷蔵庫が隠れている。さっきメイドがデザートを山ほど入れていった」

彼の話を聞いて食欲は失《う》せていたが、ゾーイは立ち上がってデザートを取りに行った。たぶんラジは気晴らしを求めているはずだから。わたしは彼のことでは判断ミスばかりしているようだ。強要するのではなく、ラジが自ら話す気になるまで待つべきだった。ゾーイは自分を責め、ほどなく偽のあくびをして、ベッドに行く口実を作った。

ラジは一時間ほどノートパソコンに向かって仕事をし、眠りに就く時間をゾーイに与えた。それから忍び足で階段をのぼり、ベッドに横たわる彼女の様子をうかがった。薄手の何かを身につけたゾーイは柔らかな金色の光に包まれている。

そのとき、彼女が本から顔を上げ、目を見開いて肩をこわばらせた。小さな胸が上質のコットンを押し上げ、とがった先端の輪郭が浮き出ている。ラジがついに闘いに敗れたのはその瞬間だった。欲望がすさまじい力で湧き上がり、理性をほぼ全滅させた。ゾーイがベッドにいる。ぼくが望んだ場所に。もはや欲望にあらがうのは不可能だった。

密林をうろつく野生動物のように部屋を突っ切ってくるラジを見て、ゾーイは激しく狼《ろう》狽《ばい》した。「ラジ？」彼に抱き上げられた瞬間、彼女はわけがわからずに叫び、体からすべての息が奪われた。

「きみが欲しい……欲しくてたまらない」ラジは荒々しい声で言った。「〝わたしを下ろして〟と言ってくれ。そうしたらぼくは立ち去る。きみが望まないことは強要しない」

ゾーイは彼の目を見上げた。全身がぎゅっと締めつけられ、心臓の音は耳までとどろいている。「わたしもあなたが欲しい」彼女は息を弾ませて認めた。厚かましく認めた自分が信じられない。でも彼が認めているのに、なぜわたしが認めてはいけないの？

ラジは腕に抱いた彼女をあやすように揺らし、たくましい体を安堵でかすかに震わせた。

激しい情熱で唇を求められ、ゾーイは頭がくらくらした。ラジの髪に指を差し入れ、豊かな巻き毛のなめらかな感触を楽しみ、彼を引き寄せる。わずかな恐れも、危機感もなかった。ゾーイはそうした感情から解放されたことを喜び、ベッドに下ろされるや、彼の熱い体に身をゆだねた。ラジがナイトドレスに手を伸ばし、ゾーイは彼のシャツを引っ張る。互いの手が絡み合い、二人の共同作業は混乱状態に陥った。

「まるでティーンエイジャーだ！」ラジはかすれた声で悪態をついたが、ゾーイの紅潮した愛らしい顔を見て満足感がこみ上げた。いまだかつてこれほど何かを切望したことはない。ラジはいったん体を離し、シャツを頭から引き抜いて放り投げた。

ゾーイは彼を見上げ、ひそかに考えた。わたしがティーンエイジャーのようにふるまっているのは、わたしの男性経験がそのレベルだからに違いない。わたしは十二歳のときに通常の発達過程から切り離された。男性や性行為への恐怖はそのせいだ。今ここでバージンだと打ち明けたら、どうなるだろう？　ラジを興ざめさせる可能性はおおいにあるんじゃない？　もしかしたら彼は尻込みし、そもそも二人がセックスをするべきかどうか考え直すかもしれない。彼にやめてほしくない。慎重で理性的なラジが再び約束のことを考えたら、わたしの初体験のチャンスはたちまち消え去るだろう。

けれど、ラジはただシャツを脱ぐことによって、ゾーイの不安を追い払った。彼がシャツを放り投げたとき、鋼鉄のような腹筋が動くのを見て、ゾーイはその見事な体になすすべもなく見とれた。下腹部が熱くなってうずき、とっさに腿をきつく閉じる。これが男性との親密な関係を切望したときに感じるものなのね。ようやくわたしもほかの女性と同じものを感じている……。

ゾーイは高揚感に包まれた。

「てっきりきみはセックスが好きではないと思っていた」感情に突き動かされるがままラジは言った。

でも、あなたに出会ってしまった——そんなことを言って、彼を警戒させたくなかった。そこで、ゾーイは遠まわしにつぶやいた。

「再挑戦してみるときだと思うの」

「きみを失望させないように頑張るよ」

彼が唇で鎖骨を羽根のように軽くなぞると、ゾーイは身を震わせた。ラジはナイトドレスをゆっくりとはぎ取り、ほっそりした腿から胸の下までをそっと撫で上げた。ゾーイの心臓が早鐘を打ち始める。続いて彼はナイトドレスを取り去った。

不意にゾーイは体を起こし、彼のジーンズに手をかけた。たとえ初めての経験だとしても、怯《おび》えたビクトリア朝時代のバージンのようにベッドに横たわり、彼にすべてを任せるつもりはない。彼女は生真面目にそう考えた。しかし、手が激しく震え、ファスナーを下ろすこともできない。すると、ラジは決然と彼女の手をつかんで引き下ろし、間をおかずにジーンズを腰から下げた。ボクサーショーツもろともジーンズを脱ぎ捨てる。ゾーイはあらわになった彼の下腹部を見て口の中がからからに乾いた。それでも勇気を奮って手を伸ばした――彼の興奮のあかしを撫でるために。心臓はすでにマラソンを完走した直後のように激しく打っている。

彼女に触れられた瞬間、ラジはその手をつかんで止めた。獰猛《どうもう》なうめき声をあげ、再びゾーイの唇を貪る。柔らかな唇を舌でこじ開け、彼女の口の中を探索した。

すると、ゾーイは新たな熱に体を貫かれ、全身をこわばらせた。そのすさまじい熱がもっと欲しくて、ラジに体を押しつける。彼のたくましい体を駆け巡る情熱を全身で感じ、ゾーイはもだえた。

ラジは彼女をベッドに押し戻し、胸をつかんでひとしきり愛撫《あいぶ》したあと、張りつめたピンクの頂を口に含み、舌で転がした。知らず知らず口からあえぎ声がほとばしり、ゾーイは予想よりはるかに自分が敏感であることを痛感した。すさまじい興奮が体を走って下腹部に流れこみ、腿のあいだを熱く潤ませる。

いよいよ切望は耐えられないほどにふくれあがり、ゾーイはもどかしげな声が口からもれるのを抑えられなかった。最も触れてほしい場所にようやくラジが触れた瞬間、ゾーイは強烈な興奮の奔流にのみこまれ、叫び声をあげた。それは初めてのクライマックスで、その強烈さに彼女は驚愕《きょうがく》し、戦慄を覚えた。

ラジはほほ笑んでゾーイを見下ろし、なおも貪欲にキスをした。「きみはとても感受性が強い」かすれた声で言う。

ゾーイは呆然《ぼうぜん》とベッドに仰向けになったまま、ラジの胸を手のひらでまさぐった。手をさらに下へ滑らせると、彼に止められた。

「待ってくれ」ラジの声はいかにも苦しげだった。「もう我慢できない。今すぐきみの中に入りたい。安全対策は講じているか?」

一瞬ゾーイは何をきかれたのかわからなかったが、すぐに避妊のことだと気づき、慌てて首を横に振った。ラジはうめき声とともに裸でベッドから飛び下り、自分の荷物を探り始めた。中身を次々と床に放り、散乱した衣類をめくっていく。ようやく財布を見つけると、銀色の小袋を取り出した。

「数個しかない。もっと買わなければならないな。最近は誰ともそうした状況には至らなかった。とにかく慎重に行こう」

最近ラジに恋人がいなかったと聞いてうれしかったが、最後の言葉にゾーイは眉根を寄せた。「慎重に?」

思いがけない問いにラジは驚き、彼女を一瞥した。「今きみが妊娠したら面倒なことになる……まあ、その可能性はきわめて少ないが。父は一人の子供をもうけるだけで何年もかかったのだから」ラジは顔をしかめて続けた。「遺伝だと思うが、おそらく王家の男は精子の数が少ないに違いない」

「けれど、最近の避妊法は確実なんでしょう

「……絶対に？」ゾーイは尋ねた。

「避妊に絶対はない。アクシデントやサプライズはいまだに起きる」ラジは切迫した欲望に目を銀色に光らせ、ベッドに戻りながら答えた。「だが、ぼくたちのあいだでは起きないだろう」

ゾーイはラジと同じ黒く美しい目を持つ赤ん坊を想像している自分に気づき、赤面した。いつかわたしは、まだ出会っていない誰かと結ばれて母親になる。ラジとのセックスは単にその予行演習にすぎない。彼はわたしを恐怖から解放してくれる男性で、それ以上でも以下でもない。

ゾーイは力強い首に腕を絡ませてラジを引き寄せ、唇にキスをして、思うがままにふるまえる自由と手に入れたばかりの自信を満喫した。ゾーイが彼を求めているのと同じくらい自分もラジに求められているといううれしい発見がもたらした自信を。

ラジはゾーイの下唇を歯で引っ張り、優美な首へと唇を這《は》わせていった。体は再び彼女を求め、先ほどの会話は忘れ去られた。

ゾーイの体温は急上昇し、熱い活力が体にみなぎり、鼓動が速まる。脚の付け根に彼の欲望のあかしを感じるや、下腹部に震えが走った。ラジが少しずつ入ってくると、ゾーイは思いもよらない甘美な興奮の波にのみこまれた。体が焼けつくように熱い。

「きみはとても狭くてきつい……」ラジは息を切らし、うめいた。

そして彼が一息に押し入ってきた瞬間、ゾーイは激痛にたじろぎ、悲鳴をあげた。

ラジが動きを止めた。「どうした？」

ゾーイは騒いだことが恥ずかしくなり、顔をしかめた。「予想以上に痛かったの。初めてだったから」

衝撃のあまりラジは端整な顔をこわばらせ、身を引こうとした。だが、ゾーイに肩をつかまれた。

「やめないで！　わたしはこれを経験するために長いあいだ待ちつづけてきたの」

すでに始めてしまった……。今さら引き返せない。ラジは自分に言い訳した。怒りは張りつめた彼の体を少しも萎えさせない。これ以上ゾーイに痛い思いをさせたくないからといって、この欲望を抑えこむのは不可能だ。それに当のゾーイが続行を望んでいる。まるでスーパーカーを運転して外出するように、わくわくする体験だと思っているらしい。ラジは憤然としてそう断じた。

「ラジ、お願い……今は何も言わないで」ゾーイは懇願し、大きな緑の目で彼を見つめた。

結局、ラジは体の全細胞の要求に従った。ゾーイの中に深く身をうずめ、官能の喜びに低いうめき声をもらした。

信じがたい熱がゾーイの下腹部に集まり、

解放を求めて痛いほどふくれあがっていく。体はまたたく間に興奮のるつぼと化し、ゾーイは彼の大きな背中に爪を立てた。全身を包みこむ彼の肌の感触、自分の中にいる彼の感触が波のようにうねって喜びの激震をもたらし、再びゾーイはのぼりつめた。

爆発的な快感の余韻に浸りながら、ゾーイは骨までもベッドの中に溶けていくような錯覚にとらわれた。だが、ラジはその恍惚感《こうこつかん》を無情にも打ち破って絡み合った四肢を振りほどき、ベッドから跳ね起きた。

「説明してもらおうか、ゾーイ。きみはぼくに嘘をついた！」

7

ゾーイはシーツをつかんで体を隠し、ジーンズに乱暴に足を入れるラジを見つめながら、乱れた枕に寄りかかった。彼が下着をつけずにズボンをはいていることに気づき、顔が赤くなる。もはや自分の心が自分のものではないような気がした。しなやかなブロンズ色の体からどうしても目を離せない。

「嘘《うそ》なんてついていない」ゾーイはこわばった声で反論した。

「いや、きみは嘘をついた」ラジは怒鳴り返した。「再び、セックスに挑戦してみるときだときみは言った。一度も経験がないにもかかわらず」

「確かに、少しばかり事実をぼかしたかもしれないけれど……」ゾーイは言い訳がましくつぶやいた。

「きみは嘘をついた。ぼくは不誠実な言動が大嫌いだ！」ラジは荒々しく叫んだ。

「何が問題なの？」答えるうちに怒りが湧いてきた。「今のはわたし自身の決断よ」

「ぼくの決断でもある。バージンだと知っていたら、ぼくはきみに触れなかった」ラジは冷ややかに言い返した。「だが、きみはその情報を隠した。それを不誠実と言わずしてなんと言うんだ？」

「そんなにむきにならないで」ゾーイは湿った額からブロンドの髪を振り払った。「ただのセックスなのに、どうして必要以上に騒ぎたてるの？　わたしたちは大人だし、二人ともほかに特別な関係にある人はいないのよ」

ラジは痛烈なまなざしを注いだ。「ぼくは誰とも関係を築かない」

「婚姻関係は結んでいるわ」ゾーイは臆せずに指摘した。「相反する二つのものを手に入れることはできない。でも、もしあなたが関係を築かない主義なら、むしろあとくされのないセックスができたことを喜ぶべきじゃないかしら?」

ラジは頬を紅潮させ、目を嘲りで燃え立たせて寝室から出ていった。木の階段をはだしで下りる音、玄関のドアを乱暴に開け閉めする音が聞こえた。ゾーイは明かりを消し、ベッドから出て窓辺に行き、浜辺に向かうラジの姿を目にとらえた。月明かりがこわばった広い肩をぼんやりと照らし、巻き毛の上で躍っている。

ゾーイは恥ずかしさに襲われた。彼に反論するためにわたしは我ながら信じられないことを口にしてしまった。ラジの怒りに自尊心を傷つけられたと感じたからだ。確かに、初体験の相手に彼を選んだのはわたしの決断だ。ただ、まるで進歩的な考えの持ち主のようなことを言ってしまったけれど、わたしは誰かと気軽にセックスをするほど奔放ではない。ただラジとの経験が欲しかっただけ。彼を求めただけ。それがそんなに悪いことかしら?

初体験はとてもすばらしく、おかげでわたしはもうセックスが怖くなくなった。自分がほかの女性より劣っていると感じることも、ほかの女性が楽しんでいる経験を自分が逃していると感じることもなくなった。

そのとき、脚のあいだに痛みを覚え、ゾーイはバスルームに行って浴槽に湯を張った。わたしは過ちを犯した。プラトニックな関係にセックスを持ちこんでしまった。だけど、最初に行動を起こしたのはラジのほうよ。そうでしょう？　どうしてわたしはそのことを彼に言わなかったの？　そうよ、二人がベッドをともにしたのは彼のせいだ。なぜわたしが経験者なら、ラジは親密になってもいいと思うの？　わたしがバージンだと、どうしてその行為が過ちになるの？

ゾーイはコットンのローブを羽織り、ビーチサンダルを履いて外に出た。砂を突っ切り、波打ち際を歩くラジに近づく。

忍び足にはほど遠かったので、ラジは彼女の足音にすぐ気づいて、ゆっくりと深呼吸をした。怒りや困惑や罪悪感を乗り越えようとするかのように。

「確かに、あらかじめあなたに言わなかったのはわたしが悪い。でも、わたしをベッドに引き入れたのはあなたよ」ゾーイは顔を紅潮させ、決然と言った。「今さら後悔しても遅い。後悔は別の何かには変わらないもの」

「ぼくの国では、女性の純潔は非常に価値があり、尊重される。きみの国の人々にとっては時代遅れかもしれないが――」

「まったくそのとおりよ。なぜ女は男性より多くの制約を受けなければならないの？」

「ぼくはきみの純潔を奪ったことに罪の意識を感じている」ラジは険しい口調で認めた。

「たとえそれがわたしの望みでも？　わたしは保護が必要な少女じゃないのよ」ゾーイは

猛烈に反論し、自分の決断にこれほど強い自信を持っていることに驚きを覚えた。「わたしはただほかの女性と同じようになりたかっただけ。自分が……特異な女だと思うのではなく。わたしはセックスを知りたかったの」

「きみが受けるに値するものをぼくは与えられなかった。あれは特別ではなかった。特別であるべきだったにもかかわらず」

「あなたの初体験は特別だったの？」

ラジは予期せぬ質問にたじろぎながらも、顔をゆがめて正直に答えた。「いや」

「ほらごらんなさい。だったら、あなたの説教はまたも実体験を伴っていないのね」

ラジはこらえきれずに笑いをもらし、彼女を見やった。ゾーイはあまりに小さく、かろうじてぼくの胸に達するくらいの身長だが、多くの意味で恐れを知らず、たとえぼくの意見と衝突する場合でも臆せずに自分の意見を口にする。彼女の言うとおりだ。彼女をベッドに引き入れたのは、このぼくだ。

「もしあなたが同じように感じていないのなら残念だけれど……」ゾーイはこわばった口調でつけ加えた。「二人が分かち合ったものは特別なものに思えたわ――少なくともわたしには」

ラジは動揺し、ゾーイを一瞥《いちべつ》してうつむいた。「もしきみの感情を害したら申し訳ないが、ぼくは嘘が大嫌いなんだ」彼は怒気を込めて繰り返した。

「いつもはとても正直よ。でもさっきは、あなたに途中でやめてほしくなかったの」

「好奇心が旺盛なんだな」そう言ったあとで、ラジは自問した。ぼくはかつて女性とこれほど踏みこんだ会話をしたことがあっただろうか？　おそらく一度もない。実に刺激的な会話だ。わくわくする。

「ええ。もし実験台のように感じさせてしまったのなら、ごめんなさい。でも、本当に新鮮で貴重な経験だったの」ゾーイはすまなそうにつぶやいた。

まるでスーパーカーを運転して外出したかのように。ラジは再び、そして今度は楽しげにそう考え、出し抜けに笑いだした。ぼくのことを実験台と言った度胸のある女性は今までいなかったが、二人で分かち合ったものを〝特別〟と表現した女性もまたいなかった。

「きいてもいいかな？　ぼくは何点ぐらいだった？」

「答えたくないわ。あなたのうぬぼれを増長させることになるから……」ゾーイは上目遣いに彼を見つめた。月明かりを浴びて光る黒い目と視線がぶつかり、心臓が跳ねる。

「きみはすばらしかった……そして特別だった」ラジはつぶやき、彼女の頬に張りついた髪を指で払いのけた。花びらのように優しく頬を撫《な》でる指がゾーイの体を震わせる。「だが、ぼくはきみに触れるべきではなかった。ぼくにそんな権利はなかった」

「わたしたちは結婚したのよ」

「名ばかりの結婚だ」

誠実なラジは彼女にそれを思い出させたが、ゾーイはなぜか彼を蹴りたくなった。

「本物の結婚ではないが、本物のように思えてきた。厄介だな」

「なぜ厄介なの？」

「こうなる予定ではなかったからだ。ぼくたちは別々に暮らし、何度か公式行事に出席する。ただそれだけの仮面夫婦のはずだった」

「つまり、既定の台本から逸脱してしまったわけね。でも、わたしたちは誰も傷つけていない」ゾーイは言い、ラジの引き締まったウエストに触れて、なめらかな熱い肌を指で撫でた。かすかに触れただけなのに、彼の腹筋が脈打つ。

「ぼくは誰とも関係を築かない」ラジは身をかがめ、頑固に言い張った。彼女の熟れたピンクの唇に目を引きつけられてもなお。

「でも、あなたはわたしとの関係のまっただ中にいるわ……自分を欺くのはやめて！」ゾーイは応酬した。「ある朝、目が覚めたら手錠でベッドにつながれ、拘束される羽目になるとでも思っているの？　それが怖いの？」

ラジはゾーイの軽い体をさっと抱き上げた。浜辺から家まで彼女を運ぶことが世界で最も自然な行為であるかのように。「もしぼくを手錠でベッドにつなぐのがきみなら、ぼくはあらがわないし、拘束されたとも感じないだろう」かすれた声でつぶやく。

「それは今まであなたから聞いた中でいちばんすてきな言葉よ。でも、わたしはあなたを手錠でベッドにつなぐ気はさらさらない。もしあなたがベッドにいたくないのなら、どうぞ床で寝てちょうだい」ゾーイは容赦なく言った。

「さっききみはその選択肢に乗り気ではなかったようだが」

「それもまた嘘だったのかも」ゾーイは声を張り上げた。「今なら喜んであなたを床に寝かせられる」

「もしぼくが一緒にベッドを使いたいと言ったら？」ゾーイが目をいっぱいに見開き、物問いたげな表情を浮かべたその一瞬、ラジは自分が何を尋ねたのか忘れた。

「歓迎するわ」床に下ろされたゾーイはビーチサンダルを脱ぎ捨て、ぶっきらぼうに言った。「セックスは体力を使うのかしら？　またおなかがすいてきたみたい」

ラジはのけぞって笑い、食器棚の奥に隠された冷蔵庫に歩み寄って、このような場合に備えて用意された食べ物を取り出した。

彼と一緒にいてこれほどリラックスしている自分にゾーイはあきれた。ベッドをともにしたときに垣根が崩壊したことに気づいたが、今はもっと彼を近くに感じる。二人はもうばらばらではない。そしてなぜかわたしは前より傷つきやすくなった。わたしの防護壁はどうなってしまったの？　もっと強い自立した女性になるためだけにマラバンに残ったわたしの信念は？　今のわたしは予期せぬ形でラジと関わり、感情の抑えがきかなくなって不安を覚えている。

ゾーイは室内を見まわして驚いた。「夕食のあと片づけが終わっている」

「スタッフが来たんだ。ぼくたちが外に出たことを警護員が知らせたんだろう。おそらく寝具も替えられているはずだ」

ゾーイは唖然《あぜん》とした。「夜中の十二時を過ぎているのよ。スタッフは眠らないの？」

「交代制で働いている。人目につかないサービスが彼らの誇りなんだ」

二人は夜食をとり、ゾーイが先にベッドに入った。長い一日の疲れがすぐに押し寄せてくる。ゾーイは腕枕をして、ジーンズを脱いでシャワーを浴びに行くラジを見つめた。彼は羨ましいほど人目を気にしない。とはいえ、もしわたしの体が完全無欠であれほど美しかったら、わたしだって人の視線に無頓着になれるだろう。ゾーイは眠くてぼうっとした頭でそう考えた。でも実際、わたしの脚は短く、胸は小さくて、ヒップは体のほかの部分に比べてやや大きい。

「明日の予定は?」ラジがベッドに入ってくるなり、ゾーイは尋ねた。

「もう〝明日〟だよ」ラジは指摘した。「きみのおばあさんが育った古い宮殿を訪ねる。そのあと、地元の人たちとの気楽な交流会に参加し、公式写真を撮る。ぼくの父は我が家の一員となったきみの時間を最大限に活用するつもりだ」

「それが契約ですもの」ゾーイは睡魔と闘いながらつぶやいた。「祖母が育った場所を見るのは興味深いけれど、それと同じくらい興味深かったのは、結婚式であなたのお父様とわたしの祖父が互いを避けていたことよ。わたしもあなたの叔父様のハケムを避けていたし、彼もわたしに近寄らなかった」

ゾーイは思い出して眉根を寄せた。プリンス・ハケムは青白い顔の小柄な老人だった。あんな目立たない男が皇太子の地位を狙い、ひそかに野心を燃やしていたとは信じがたい。

ラジはかすれた声で笑った。彼の息がゾーイの肩を温める。

「父はきみの祖父が結婚式に来ることに難色を示したが、ぼくが説得したんだ。なにしろスタムは、父が結婚するはずだったバニアのプリンセスと駆け落ちした男だからな」

「でも、祖母が祖父と出会って恋に落ちたとき、あなたのお父様はまだ祖母に会ってもいなかったのよ」

「それでも父は侮辱されたと感じ、恨みを抱いてきた」ラジは言った。「さあ、もう眠るんだ。今日も長い一日になる。もっとも明日の訪問で、ここに滞在するあいだの公式スケジュールは終了だ」

マラバンに来た当初は、いかなる公式行事に出席するのも不安で、ラジがそばにいてその不安をなだめてくれることも不思議に思えた。ゾーイは疲れた頭でそのことを思い出した。けれどなぜか、自分は守られているとラジはわたしに感じさせてくれる。彼がそばにいるあいだは何も悪いことは起きないかのような安心感を覚える。わたしにとってそれほどまで彼は重要な存在だと考えるのはあまりに愚かだ。自らを戒めるうちに、ゾーイは眠りに落ちた。

ぼくたちのあいだにあるもの、それは〝関係〟だ。そうと認めるなり、ラジは落ち着かなくなった。ぼくがゾーイと結婚した瞬間、〝関係〟が生まれたのだ。そして親密さが関係を深め、さらに複雑化した。この進展を予見できなかったぼくは実に世間知らずだった――二人のあいだにある吸引力を考えれば。ゾーイはただのセックスと呼んだが、ぼくはそれを信じるのか？　受け入れられるのか？

彼女は本当にその区別がつくほど世慣れてい

るのか？　そして、ぼくたちは今の関係を気楽な段階にとどめることができるのか？　いつの日か潔く別々の道を歩めるのか？

　これはとても長い行きずりの関係のようなものだと結論を下そうとしたが、ラジの脳はそれは間違いだと告げていた。彼は過去の恋人たちに感情を見せず、本当の自分を隠して他人行儀に接していたが、ゾーイには違う形で接したかった。彼女と一緒にいると心地よい。彼女を笑顔にしたかった。そして生まれて初めて、ラジは流れに身を任せようと決めた。

　翌朝、ゾーイはラジの腕の中で目を覚ました。「ねえ、あなたの体は地獄の業火のように熱いわ」

　彼女は文句を言い、彼から離れて体を冷やそうとしたが、いとも簡単に引き戻された。

　ラジの欲望のあかしが腹部に当たり、ゾーイは目を見開いて彼を見上げた。ブロンズ色の肌にひげがうっすらと伸び、青みを帯びた黒い巻き毛のラジはうっとりするほどすてきだ。たちまちゾーイの胸はときめいた。「まあ……」その声は別人のようにかすれていた。「もしきみが落ち着かないのなら……」ラジは美しい眉を物問いたげに上げ、ささやいた。

　落ち着かないのは確かだ。下腹部が熱くなり、ゾーイは切望に腰を動かした。「いいえ、そんなことないわ。だけど、歯を磨かなくちゃ」

「その必要はない……きみは苺《いちご》と女らしい香りがする」ラジは彼女の頬を撫で、食い入るように唇を見つめた。

それだけでゾーイの心臓はけたたましく打ち、体が欲望の目盛りを上げていく。ラジが唇を重ねてきたとき、ゾーイの体に火がつき、彼が敏感になった胸の頂と脚の付け根を熟練した指で探索したとき、その火はまたたく間に燃え上がって彼女の自制心を焼きつくした。拷問めいた喜びに、ゾーイは身をよじってのたうちまわった。ラジが彼女の片脚を持ち上げて自分の腰に巻きつかせ、秘めやかな場所に押し入ると、ゾーイはいっきにクライマックスへと突き進んだ。怒涛《どとう》のように押し寄せる熱い興奮に、彼女はあえぎ声とともに地平線の果てまで吹き飛ばされた。

「きみがもう一度できるか確かめてみよう」

ゾーイが彼の下で身もだえしていると、ラジはうなり声をあげ、ペースを変えて再び動き始めた。今度は獰猛《どうもう》さや切迫感はなく、ゆっくりと行為を楽しんでいる。

ゾーイはかろうじて呼吸を整えた。ブロンドの髪はシーツの上で奔放に跳ね、それを見下ろすラジの目はきらきら輝いている。ゾーイの体は先ほどの名残でまだ脈打っていた。

ラジのリズムがより官能的になり、再びエ

ロティックな緊張を積み上げていく。とろけていたゾーイの体は再び彼を求め始めた。ラジの情熱にあおられて彼の背中に手をまわし、硬くなめらかな感触を楽しむ。快感のさざ波に体の奥を締めつけられ、ゾーイは急に大胆になって彼の体に巻きつけた脚に力を込めた。それに応えるかのようにラジが深く身をうずめて動きを止めた瞬間、ゾーイはまたも喜びの高みへと舞い上がった。

ほどなく、ラジはゾーイの濡《ぬ》れた髪を振り払ってキスをした。「きみをベッドに引き止めておいて急《せ》かすのは申し訳ないが、もし交流会の前に宮殿を見たいのなら、一時間後には出発しなければならない」

「一時間後？」ゾーイは驚いた。

「メイドを呼んで準備を手伝わせる。それから出発だ」ラジはいったん言葉を切ってから言葉を継いだ。「きみはすばらしいセックスフレンドだ。そう言ってもいいかな？」

わたしがセックスフレンド？　ゾーイはシャワーを浴びながらそのことを考え、眉をひそめた。それは、わたしがこうだと思いこんでいた自分よりはるかに大胆で、はるかにおおらかだ。でも、わたしだって変われるはずだ。そのためにマラバンに来たんでしょう？　姉たちや祖父に腫れ物扱いされている過保護な女の子ではなく、本当の自分を見つけるために。けれど、わたしはどんな男性が相手でも――たとえラジが相手でも、セックスフレンドにはなりたくない。

どうやら専属のメイドが王宮から同行してきたらしく、バスルームから出ると、すでに衣装一式が並んでいて、ゾーイはオーダーメイドの淡い緑のドレスを一目で気に入った。髪は、暑さの中で少しでも涼しいようにと、三つ編みにしてもらう。そして時間ぴったりに、笑顔で螺旋《らせん》階段を下りた。

ヘアスタイリングの技術を持つメイドは貴重で、贅沢《ぜいたく》きわまりない。でも、とゾーイは思った。あまり慣れすぎないほうがいい。このすべてが一時的なものなのだから。懸賞で豪華旅行を引き当てたに等しい。もちろん、ラジもわたしの人生における一時的な存在にすぎない。もしかして、そのことが〝セックスフレンド〟という概念をさらに放埒《ほうらつ》にしているのかもしれない。そう考えてゾーイは顔をしかめた。

「きみはその靴で古い建物を歩きまわるつもりか？　無茶だ！」ラジは彼女の足元を見て叫んだ。

ゾーイは不満げな表情を浮かべた。「わたしは靴に目がないの。でも、フラットシューズを持っていき、あとで履き替えるわ」しぶしぶ言う。「だけど、何を履くべきかをわたしに指図する権利があると思わないで。決めるのはわたしよ」

するといつもは真剣なラジの顔に不謹慎な笑みが浮かんだ。

かつてバニアの王宮だった建物は実に広大で、バニアの歴史をたどれる小さな博物館が併設されていた。申し分なく管理されてはいたが、プリンセス・アズラの昔の住居を見学する機会を一般人に提供する以外には、今は使われていなかった。

「ああ、祖母に会いたかった……。もっと長生きしてくれればよかったのに」

ゾーイはため息をつき、モノクロの古い写真に見入った。そこには民族衣装を着た若々しい金髪の祖母が写っていた。

「祖父が祖母の写真を見せてくれたことがあるの。おじいさんはアズラを熱愛していたのよ」ラジに向かって朗らかに言う。「わたしの父は大学で経営学を専攻することも、祖父の跡を継ぐことも拒否し、勘当されたの。祖母は祖父に、あなたのしたことは間違っている、息子には自ら選んだ道を歩かせるべきだと諭したんですって。でも、おじいさんはあまりに頑固でプライドが高いために、聞き入れることができなかったの」

「親と子の世代では価値観が異なる。親が子の望みを理解するのは難しい。父は自らぼくの結婚相手を選び、その女性との結婚をぼくに強いた。父は単に自分と同じ道を息子に歩ませようとしているだけだったが、ぼくがそれに気づくまでに何年もかかった」

「あなたには愛する女性がいたんだもの、しかたないわ」ゾーイは指摘した。「別の女性と結婚し、うまくやっていくなんて無理よ。きっと苦悩と怒りを抱えて生きる羽目になったでしょう」

「父の中には、特権階級に属する者が自分の感情を優先して決断を下すのは許されないという考えがある。ぼくは残酷な方法で、父が正しかったことを学んだ」

「それでも、わたしはあなたとナビラのことを知っておきたい」

「そうなのか？　てっきり女性は男の過去の恋愛話など聞きたくないと思っていたよ」ラジは驚き、困惑のまなざしを彼女に向けた。

「もしあなたを愛し、嫉妬と所有欲があるのなら、聞きたくなかったでしょうね。でも、そうじゃないから」ゾーイは穏やかな口調で言った。「単に詮索好きなだけ」

内心ではいささか動揺しつつも、ラジはうなずいた。「ぼくはペルシャ湾岸国の大学で経営学を専攻した。そこでナビラに出会った。きみは今まで恋に落ちたことがあるか？」彼はぶっきらぼうな声で尋ねたが、なぜか急に本気で知りたくなった。

「いいえ、まったくないわ」ゾーイはこわばった声で答えた。「十二歳のときの出来事がわたしを男性から遠ざけたの。大人になって姉たちが恋に落ちるのを見たけれど、自分も恋をしたいとは思わなかった。人を好きになることには多くの不安と苦悩がついてまわる気がして。それはともかく、あなたは大学でナビラに出会ったわけね？」

「二年間一緒だった。ぼくは彼女に夢中だった」ラジはしぶしぶ認めた。ゾーイに恋をさせるにはどれほど並外れた資質が必要なのだろう？　知らず知らずそんなことを考えている自分に、彼は困惑した。

「そうなんでしょうね」ゾーイは相づちを打った。「だって、あなたは生半可な理由でお父様に逆らうようには見えないから……それで、二年間一緒に暮らしていたの？」

「いや、同棲《どうせい》なんて論外だ。もしナビラとの結婚を本気で父に認めてもらおうとしたら、絶対にプラトニックである必要があった」ラジはつっけんどんに答えた。「父は息子の花嫁に純潔以外のものは求めなかっただろう」

ゾーイは顔をこわばらせ、じっとラジを見つめた。「あなたは一度も彼女とベッドをともにしなかったの？」

「そうだ。ぼくの花嫁は一点のけがれもない女性でなければならなかった。そうでない女性を結婚相手として認めてくれと父に頼むのは無礼に当たる。父は旧世代の人間で、女性も性的な自由を有していることを理解していない。父の時代、女性の最大の美徳は純潔であり、きちんとした女性は結婚指輪以下のものと引き替えに体を許すことはなかった」

「まあ大変、わたしはふしだらな女だわ」ゾーイは赤面した。「だって、わたしたちは本当の意味で結婚していないんだもの」

「きみはふしだらではない」ラジは声を落として否定した。博物館の管理人が緊張した面持ちで、展示品を見学する二人を別室から見守っているからだ。彼は長い指でゾーイの顔を撫で、顎をつかんで上向かせた。「きみは信じられないほどすばらしかった。それに比べ、ぼくはその贈り物に値しなかった」

「お世辞はやめて」ゾーイはいっそう顔を赤らめた。輝く黒い目を見ているうちに、胸がどきどきしてくる。「わたしたちはセックスをしたかったからしたまでよ」

「そしてぼくはきみを見るたびに……」ラジは情熱のこもった声で言った。「また挑みたくなる」

「今はナビラについて話しているのよ」ゾーイはそのことを自分にも思い出させ、タイミング悪く全身に広がる欲望のうずきを懸命に抑えつけた。「わたしを性のとりこに変えようとしないで」

「ぼくにそんな力があるのか？」ラジは荒々しい声で言い、すべてを焦がしそうな熱い視線で彼女を射抜いた。

「ええ、可能だと思う」ゾーイは慌てて言い、話題を戻した。「それでナビラのことは？」

「彼女はバージンだと自ら言った。おそらく、それがぼくの聞きたいことだと判断したからだろう。だが、たとえそうでなくても、ぼくは気にしなかったと思う」ラジは悲しげに言った。「当然ぼくは彼女の告白を尊重し、夫婦になるまで待つつもりだったが、彼女は退屈していた」

「台座に据えられ、自分ではない人間のふりをするのはつらいでしょうね」ゾーイは同情するように言った。

「そう、ぼくは彼女を台座に飾っていた」ラジは顔をしかめた。「二十歳のぼくはきわめつきの理想主義者だった」

「あなたはそれを貫くには若すぎたのよ」ゾーイは言った。「いったい何があったの？」

「ぼくは彼女を諦めきれず、その結果、父に国外追放を言い渡された。ぼくは二度と故国の土を踏まない覚悟で、マラバンを発《た》った。ナビラはアパートメントの合鍵をぼくに預けていたが、ぼくがそれほど早く戻ってくるとは思わなかったのだろう。彼女は友人だと言っていた男とベッドにいた。明らかに長いつき合いのようだった。なんという愚か者だとぼくは自分を罵った！」当時のことを思い出し、ラジは頬を紅潮させた。「ぼくは彼女のためにすべてを放棄したのに、彼女は恥知らずの狡猾《こうかつ》な嘘つきで、ぼくの地位だけが目当てだったんだ」

「そして、たぶんあなたの体も」無意識に口にした言葉に我ながら驚き、ゾーイは横目で彼の顔をうかがった。「あなたはさぞかし打ちのめされたでしょうね。わたしは幸運だわ。そこまで傷ついたことがないから。できれば死ぬまで経験したくない」

ラジはゾーイの美しい顔を見て考えた。なぜぼくはナビラのことをこれほど簡単に話せたんだ？　これまで誰にも話したことがないのに。おそらく、ゾーイがこの結婚から個人的な利益をまったく享受していないからだ。少なくとも、ぼくにはそう思える。皇太子妃という地位や国民からの畏敬は、彼女にとってあまり大きな意味はないらしい。

「交流会は三十分後に一階で始まる。どうしても必要なら、あの超高層ヒールに履き替えてもいいよ」

「どうしても必要なら？」ゾーイはいらだたしげな視線を彼に投げかけた。

「きみは明らかにハイヒールで歩くのに苦労している」ラジはそっけなく指摘した。

「だってマラバンに来るまでは、どこにも外出したことがなかったの。わたしはすてきな靴を収集していて、姉たちがときどき借りていったけれど、当のわたしは履いたことはなかったの」ゾーイは語気を強めた。「これからハイヒールでの歩き方を学ぶわ！」

「なるほど」自分が無神経な発言をしたことにラジは気づいた。「だが、なぜどこにも外出したことがなかったんだ？」

「男性が近づいてくるとパニックになって、うまく対処できなかったの」ゾーイは不本意ながらも答えた。「でも、なぜかあなたとは一緒にいてもパニックにならない」

「それはきっとぼくが恋愛対象じゃないからだろう」ラジは受け流したものの、ゾーイが彼と一緒にいて安心感を覚えているという事実を胸に刻んだ。

「たぶん」ゾーイは笑顔で応じ、彼の腕とドアの取っ手につかまりながらハイヒールに履き替えた。「七、八センチ背が高いと感じるだけでわたしがどれだけ自信を持てるか、あなたには理解できないでしょうね」

数分後、隣でコーヒーを飲みながら笑顔で話すゾーイを見て、ラジは自信とハイヒールは無関係だと感じた。初めて会ったときにゾーイがパニック発作を起こしたことを思えば、この短期間での彼女の変化は驚嘆に値する。それにしてもあの初対面は最悪だった。ゾーイに限らず、どんな女性でも怖がるだろう。

ラジは大きな手で彼女の背中を撫でた。そのとたん、背中の引っかき傷を思い出し、ラジはこぼれかけた笑みを押し隠した。その傷は、妻を満足させた男の誇らしい勲章だ。いや、ゾーイはぼくの妻ではない。彼はすぐに訂正した。もっとも、今は妻のようなものだ。ラジは自分にそう言い聞かせ、今このときの心地よさを脅かす暗雲を払おうとした。

宮殿の大広間での写真撮影が終わったあと、二人はようやく解放された。もう人前に立たなくてもいい。目の前には休暇があるだけだ。ゾーイは安堵《あんど》と喜びに包まれた。

歩いて車に戻る途中、一人のカメラマンが木陰から飛び出し、何か叫んだ。二人を振り向かせて正面から写真を撮るためだ。警護班の半数がカメラマン目がけて走りだす。そのときラジの携帯電話が鳴るのと同時に、結婚披露宴で会った覚えのある外交官が険しい顔で現れ、手に何か持って二人に近づいてきた。

「いったい何事だ？」ラジはぶつぶつ言いながら電話を取り出す一方、待機中の車にゾーイが保護されるのを確認した。

ゾーイは車の中から、外交官がラジに雑誌を渡すのを見た。ラジは明らかに驚いた顔で誌面に目を走らせ、血の気がなくなるほど唇を噛《か》みしめた。その後、彼は車の前を行ったり来たりしながら通話を続けた。怒りもあらわに浅黒い手を振りまわし、全身から緊張感と不快感を漂わせている。

「何があったの？」ようやくラジが通話を切って車に乗りこんでくるなり、ゾーイは気遣わしげに尋ねた。

8

「たいしたことではない。たとえて言うなら、ティーカップの中の嵐だ。だが父は激怒している」ラジは大きく息を吐いた。いらだちと怒りが声に表れている。「昨年、父はマラバンで唯一のゴシップ雑誌を国から追い出した。彼らは今ドバイを拠点にしていて、王家に関する出版物はだんだん内容が過激になっている。父は放っておくべきだったんだ。最近、ぼくたちの行動はすべて見張られ、記事にされる。かつてのように王家が秘密を守りつづけることはできない。父はその事実を受け入れるべきなんだ」

「お父様は時代に取り残されたようね。近ごろのメディアは本当に無礼だけれど。それで、その雑誌がどうかしたの？」ゾーイは困惑して尋ねた。「昔のスキャンダルが掘り起こされたとか？」

「スキャンダルじゃない。単なる妨害だ」ラジは握りつぶした雑誌の皺《しわ》を苦労して伸ばし、ゾーイに差し出した。「きみには読めないだろうが、写真を見れば一目瞭然だ。彼らはこの記事をぼくたちの結婚式と同じ週に出すことで、ぼくが愛する女性との結婚を許されな

かったのは彼女が平民だからだと示唆してい
る。父にとっては腹立たしいかもしれないが、
ばかげた主張だ」
ラジとナビラが写った数枚の写真を見つめ
るゾーイの唇がみるみる乾いていった。もち
ろん古い写真だ。二人は今より若い。だがゾ
ーイが予期していなかったのは、ナビラを見
つめるラジの熱愛の表情だった。彼はほかに
は何も目に入らないかのような憧憬のまなざ
しをナビラに注いでいた。ほほ笑みながら手
をつないで噴水のそばを気ままに歩く若い二
人……。なぜかゾーイは胸を締めつけられた。
自分が傷ついている理由は説明できないが、
誰かに腹部を殴られたような強烈な身体的苦
痛さえ感じたのだ。
いったいわたしはどうしてしまったの？
わたしはラジを愛し始めているの？　彼に恋
愛感情は抱いていないと断言したくせに、嫉
妬に苦しんでいるの？　それらの問いは、足
元の地面が突然消えたような衝撃をゾーイに
与えた。確かにわたしは、誰もが親しくなっ
た相手に感じるような親愛の情をラジに抱き
始めている。そして間違いなく、この写真を
見て嫉妬している。でも、だからといって、
彼を男性として愛しているとは限らない。
「ナビラはぼくの初恋の相手だった。それだ
けのことだ」ラジは自分の花嫁の青ざめた顔
や沈黙の意味に気づかなかった。「初恋の相

手と結婚する者は数えるほどしかいない。ぼくの八年前の行動に、こんなふうに大々的に取り上げる価値はない。本当に愚かな記事だが、一つ明らかなのは、ぼくの家族しか知らないことが書かれていることだ。そもそもこんな個人的な写真をどうやって入手したのかわからない。ぼくはコピーを持っていたが、彼女と別れた直後に破棄した。この写真を撮ったのはオマールだが、彼が第三者に渡すなんてありえない」

「あなたはばかげた主張だと言ったけれど」ゾーイはやんわりと指摘した。「多少は事実なんじゃない？　現にお父様はあなたと彼女の結婚を認めなかったんでしょう？」

「それはナビラの家柄のせいではなく、父が彼女のことを調べ、当時のぼくより彼女の人となりを知っていたからだと思う」ラジはしかめっ面で答えた。「だが少なくとも、父は自分が持っていた情報をぼくに突きつけないだけの思いやりを持っていた」

「あなたが言ったように……ティーカップの中の嵐ね」

ゾーイはこわばった口調で締めくくった。ナビラの話を聞くことにうんざりしたからだ。ついさっき、ラジから興味津々でナビラのことを聞き出したのが嘘《うそ》のようだった。たぶんそのときは、あの不快な女性の名前を聞くことは二度とないと思っていたからに違いない。

ナビラに見とれるラジの写真を見るのが、セックスフレンドというレッテルを貼られた女にとってうれしいはずがない。だからこそ、わたしはナビラに嫉妬したのだ。

間違いなくラジは今この瞬間ナビラのことを考え、自分がいかに彼女を愛し、求めていたかを思い出して、感傷に浸っているに違いない。たぶん今夜のわたしは疲れ果て、彼に身をゆだねる気にはならないだろう。一日じゅう外出していたのだから、別に不思議はない。ラジのほうも、わたしがそんな気分ではないと察するはずだ。

「きみはまだその出来事をぼくに話していない」ラジは執拗《しつよう》に言い張った。

情報を求めるときのラジは、骨をくわえて放そうとしない犬のように執着心が強い。ゾーイがはぐらかしても、彼は何度でも蒸し返す。できれば二度と振り返りたくないことを。

ゾーイは深く息を吸おうとしたが、シャワー室の壁に体を押しつけられている状態では難しかった。これがシャワーセックスというものなの？　彼女はこの二週間、信じられないほど多くの経験を積んでいた。ラジに手を触れないようにしようという決意は、長年の恋人のようにふるまう彼を前にしてもろくも崩れた。もしラジのことを夫と考えたくないのなら、〝恋人〟と考えるのが唯一の妥協策だ。

ラジはいろいろと世話を焼いてくれた。ゾーイの腕時計が壊れれば、ダイヤモンドがはめこまれた新しい時計が一時間以内に届けられた。電話が充電切れになれば、新しい電話が就寝時刻までに届けられ、その結果、彼女はいつもどおりに姉たちと会話ができた。ゾーイは最盛期に摘み取られて花瓶に生けられた花より、地面に咲いている花のほうが好きなのだが、それを知ったラジはバニアの丘に彼女を連れていき、一面野の花に覆われた場所へピクニックに連れていってくれた。それはこの二週間でラジが見せた唯一無二のファインプレイだった。

ラジはゾーイのハイヒールを嫌っていて、彼女がいつか階段を転げ落ち、首の骨を折ると確信しているようなのに、宝石をちりばめた派手なハイヒールのサンダルを買ってくれた。昨夜ゾーイはそれを履き、山腹の小さな宿屋へ夕食に出かけた。そこに居合わせた人たちは全員、二人のことを知らないふりをし、プライバシーを確保してくれた。あまり演技はうまくなかったけれど。

そうした厚遇を受けながら女として花を咲かせていったゾーイだが、一つだけ問題を抱えていた。それは、ラジをあまり好きにならないよう絶えず闘わなければならないことだった。彼に夢中になるのが怖かった。もしその禁を犯したら、ラジに拒絶され、心は粉々に砕けるだろう。

「ゾーイ……」

ラジは唇と歯で彼女の柔らかな肌をとらえ、首筋から肩へかけて戯れの愛撫《あいぶ》を加えた。ついさっき充足感を得たばかりなのに、ゾーイは体がうずくのを止められなかった。

「ぼくは何が起きたのか知りたいんだ」

「思い出したくないのよ」

「人に話したほうが楽になる」ラジは根気強く説得した。

「あなたが陸軍士官学校で受けたいじめを話したように？」ゾーイは言い返しながらも、ラジのたくましい体に背中を押しつけた。彼は今にも爆発しそうだ。何も珍しいことではない。ラジは飽くことを知らないように見える。「わたしはあなたの喉からナイフでその話を切り取らなければならなかった」彼にそのことを思い出させる。「ところで、ラジ、あれはいじめじゃないわ。あなたとオマールが受けたのはひどい虐待よ」

「ぼくが話せたのだから、きみも話せるはずだ」ラジは長い指を背骨に走らせ、ためらいなく彼女の欲望に火をつけた。

「これは性的拷問だわ」ゾーイは身を震わせながら抗議した。

「一言〝やめて〟と言えばすむことだ」ラジは柔らかな耳たぶを噛《か》み、ゾーイの長い髪を自分の肩にかけて、彼女の反応を夢中で楽しんだ。今までのラジは女性に対して大きな力を行使でき、優越感を覚えたものだったが、今初めて逆の立場を経験していた。

ゾーイは肩をそびやかし、大きく息を吸った。「そうね……やめてと言うわ……でも、そんな目でわたしを見ないで」

「どんな目だ?」ラジは尋ねた。

圧倒的な欲望とかすかな苦痛をたたえた目よ。少し傷ついたようなその目がわたしの胸を締めつけ、わたしをどきっとさせる。ラジが欲しい。彼を見るたび、求めてしまう。

でも、かまわないでしょう? 何も問題はない。これは単なるセックスだもの。ラジとともに気ままに探索する官能の世界は最高のご褒美だ。衝撃的な暴行事件のあと、わたしはなんとか思春期を乗り越えたけれど、自分の体がこれほど解放を熱望するようになるとは夢にも思わなかった。今のわたしはラジと初めて会ったときの怯《おび》えて傷ついた若い女性を、ため息とともに振り返ることができる。

「わかった……話すわ」ゾーイは観念してシャワー室から出た。ラジの要求に屈したものの、彼に触れられたまま話すことはできない。ラジと愛し合う行為と、無垢《むく》な少女だった自分に心の傷を与えた出来事を結びつけたくなかった。

ゾーイは巨大なベッドの端に腰を下ろした。体はまだ濡《ぬ》れていて水滴が垂れていたが、心ここにあらずで気づかなかった。だがラジはすぐに気づき、彫りの深い顔をこわばらせた。過去を打ち明けるよう強要しすぎてしまったのかもしれないと心配になったのだ。ラジはゾーイを抱き上げ、大きな柔らかいタオルで優しく包もうとした。ところが、彼女はラジの手を振りほどき、ベッドの傍らに置かれた椅子に座った。

「同じ里親の家に年上の男の子がいたの」ゾーイは切りだした。「それほど年上じゃないわ。彼は十四歳、わたしは十二歳だった。よく一緒にテレビゲームで遊び、わたしは彼を友だちだと思っていた。わたしには見たい映画があった。くだらないラブコメディよ。里親だったお母さんは彼に同行を勧め、わたしの面倒を見てほしいと言った。でも……彼がわたしを連れていったのは映画館じゃなかったの」

「話したくなければ話さなくてもいい」ラジはかすれた声で口を挟んだ。

「いいえ、姉たちは話すべきだとよく言っていたわ。だから、わたしはセラピーを受けに行ったの。彼は空き地を通ったほうが近道だからと言って、わたしを別の場所に連れていった。そこには古い小屋があって……わたしは文句を言いながら歩いたわ。嵐が来て、びしょ濡れになっていたから」

ゾーイの呼吸が荒くなり、苦しげな音をた

てた。

「小屋の中では男の子たちが待っていた。不良グループよ。そのグループに入るにはバージンの女の子を差し出す必要があったの。わたしが逃げようとすると、彼らはさんざん殴りつけた。わたしは激痛で動くこともできなくなった。彼らはナイフでわたしの服を切り裂いた……わたしは彼らに見せるものが何もなかった……発育の遅い子供だったから」

ゾーイは途切れ途切れに打ち明けた。過去に戻ったかのように恐怖や痛み、人前で裸身をさらされた羞恥が鮮明によみがえる。

ラジはゾーイの震える手をつかみ、彼女を現在へと引き戻した。「それは過去のことだ。もうきみを傷つけることはできない。それから以前きみがぼくに言ったように、きみは幸運だった。きみは生還者だ」

「ええ……」自分に欠けている強さと穏やかさに満ちた黒い目を見た瞬間、ゾーイの声は活力を取り戻した。「そうよ、そのとおりだわ。どうやってわたしがレイプを免れたのか、あなたは不思議に思っているでしょう。たまたま、不良の一人を逮捕するために警官が突入してきて、わたしは救出されたの。さあ、これでわたしがパニック発作に苦しんだ理由も、大学でノイローゼになった理由もわかったはずよ。わたしは自分の身に起きた出来事を完全に克服していなかった。セラピーを受け始めたのはそのころで、ずいぶん救われたわ」

ラジは力強い手で彼女の指を持ち上げ、自分の口に押し当てた。すべての感情が危険なほどたぎり、ラジは深呼吸の力を借りてそれを抑えようと闘った。

ゾーイの痛ましい話を聞いて、ラジは彼女の男性への恐怖心を初めて理解した。だが、つかの間の快楽を得るために少女を餌食にしようとした連中にぼくが怒りを持ちつづける必要はない。ゾーイは救われ、彼らは法で罰せられたのだ。とはいえ、充分ではない、とラジは獰猛《どうもう》な気持ちで思った。とうていゾーイの受難に見合う罰ではない。マラバンであれば、間違いなく死刑になっただろう。

疑似ハネムーンが終わり、二人が王宮に戻る途中、ゾーイは自分の身に降りかかった災いを打ち明けたことで、ラジが元のよそよそしい男性に戻ってしまったような気がした。

ゾーイは小さな顔をこわばらせ、両手をぎゅっと握りしめた。なぜすべての秘密を彼に告白してしまったの？　どうしてそこまで心を許したの？　わたしは愚かなまねをしてしまったのでは？　この状況で二人のあいだの壁をすべて取り払うのは早計だったのではないかしら？

「宮殿に戻ったら、サプライズがきみを待っている」ラジは努めて陽気な口調で話そうとしたが、残念ながらうまくいかなかった。彼は愚鈍ではないからだ。婚礼のときに彼に向けられたヴィヴィの冷ややかな目は〝あなたはゾーイの家族にどう思われているかを知るべきよ〟と告げていた。

「サプライズ？」ゾーイはきき返した。

ヴィヴィがマラバン滞在中に、ラジ自身が妻に仕掛けたサプライズに気づかないよう願った。衝動に屈して購入したソファのことを考え、顔が上気する。どうしてぼくは最初の心づもりとはかけ離れたことをしてしまったのだろう？　ゾーイを見た瞬間、論理や分別や自制心は吹き飛んでしまう。それはすこぶる単純で、すこぶる根源的だ。ラジは険しい顔でそう認めた。

「ラファエレが、マラバンの首都タシットで開催中のビジネス会議に出席している。ヴィヴィも一緒らしい」

ゾーイは顔をゆがめて唇を引き結び、ラジが予想したようなあけすけな喜びは見せなかった。

ラジは驚いた。なにしろゾーイが毎日姉たちと連絡を取るのを見て、姉妹間の非常に強い絆《きずな》を感じていたのだから。

思いがけず姉に会えても、ゾーイの胸はさほど弾まなかった。ヴィヴィは妹の様子を確かめに来ただけなのだから。

「なんてすてきなサプライズかしら」ゾーイは笑顔で真っ赤な嘘をつき、姉を抱擁した。

　ヴィヴィはいつわたしを大人の女性と認めてくれるのだろう？　生まれつき強引なヴィヴィは、自分が弱いと思った人間を守ろうとする気持ちがとても強い。けれど、いつまでも保護が必要な弱い人間と思われていることはゾーイのプライドをいたく傷つけた。

「あなたが元気でいるかどうか確かめたかったの」

「それなら、電話で請け合ったでしょう」メイドがコーヒーとケーキを運んできたとき、ゾーイはやや強い口調で思い出させた。

　ヴィヴィはたじろいだ。「率直に言って、それは逆効果だったわ。だってあなたはいつもとびきり幸せそうな声を出すから」

「あら、いつから幸せそうな声が心配の予兆になったの？」

「だって、あんなにも幸せそうなあなたの声を聞いたのは初めてだもの」ヴィヴィは悲しげな顔で応じた。「あなたは笑うこともできるし、表面的には幸せそうな顔をすることもできる。だけど、いつもつかの間だった。なのに今、こんなに幸せそうなあなたを誰が予想できた――」

「わたしが手がけた模様替えに気づいた？」

　ゾーイはいきなり姉を遮り、カップを置いて立ち上がって、室内に追加された家具を指し示した。「わたしたちが不在のあいだ、スタッフが使用されていない部屋の写真を撮って送ってくれたの。そこからわたしが選んだのよ。大幅に改善されたでしょう？」

「古ぼけたインテリアがあなたを興奮させるのならね」ヴィヴィはばかにしたように答え、室内を突っ切り、重厚な彫刻が施された家具を軽くたたいた。ヴィヴィの目から見れば、ホラー映画に出てくる不気味な古い屋敷のセットそのものだ。

「部屋を案内させて」ゾーイはせわしなく促し、姉の注意をそらそうとした。実際に自分は幸せだし、その理由をあまり深く考えたくないからだ。

ヴィヴィは寝室を一瞥《いちべつ》したあと、ちょうどスタッフが荷ほどきしていた、ゾーイとラジの持ち物に目を向けた。「どうして……」

ゾーイは急いでバスルームのドアを開けた。そこの内装にはまだ手を加えていなかったが、タッセルが贅沢《ぜいたく》についた紫色のソファが中央に置かれているのを見て凍りついた。

「あら、これはいいわね……色っぽくて退廃的だわ！」ヴィヴィは豪華なソファに歩み寄って座面を撫《な》で、金色の房を指ではじいた。

ゾーイはラジとの会話を思い出し、彼のこの行動——挑戦に思いを巡らせ、顔から火が出そうになった。ラジはずっとこのことを考えていたの？　そうに違いない。ヴィヴィの到着と気まずい質問によって緊張しているにもかかわらず、ゾーイはエロティックな妄想をしてうっとりとほほ笑んだ。

「もうこれ以上何もきく必要はないわ」ヴィヴィはため息をつき、コーヒーが置かれたテーブルに戻った。「寝室を別にするという契約は早くも失効したようね。あなたは彼とベッドをともにしている。誰の考え？　わたしにはあなたの考えだとは思えない！　ラジと深く関わったら……面倒なことになるわよ、ゾーイ。だってあなたたちの関係は永久には続かない。この結婚が終わったら、どうするつもり？」

「誰の考えだろうと、そんなことは重要じゃないわ」ゾーイは静かに言い返した。「重要なのは、ラジとわたしのあいだにいかなる問題も存在しないということ。わたしたちの現在の取り決めはきわめて個人的な事柄なの」

ヴィヴィはうめき声をあげた。「彼に夢中のようね。顔にそう書いてある」姉は毒づいた。「あの如才のないろくでなしはあなたを利用したのよ。わたしが恐れていたとおりだわ」

「ヴィヴィ！」ゾーイは激しく抗議した。ヴィヴィが初めて聞く妹の怒りの声だ。「ラジのことをそんなふうに言わないで！」

「彼に面と向かって言えないようなことは何も言っていないわ！」ヴィヴィは言い訳がま

しく反論した。「わたしはあなたを守ろうとした。でも、ここに来るのが少し遅かったようね。こうなったのはすべておじいさんのせいだわ。あの忌まわしい俗物根性があなたをこの結婚に追いこんだ。そして、これからあなたは傷つく羽目になる」

ゾーイは仁王立ちになったが、小さな体では迫力に欠けていた。「わたしが傷つく理由はまったくないわ」

「あなたの顔を見ればわかるのよ……あなたは彼に恋をしている。父親を喜ばせるためにあなたと結婚し、わたしたちの祖母の高貴な血筋を利用して自分の地位を高めた男に」

「わたしは彼に恋なんかしていない」ゾーイは決然と否定した。「ふしだらかもしれないけれど、わたしたちはただそうしたいから、ベッドをともにしたのよ！」

ヴィヴィは苦しげにため息をついた。「あなたはそういう関係の何を知っているの？」

ゾーイは昂然《こうぜん》と顎を上げた。「わたしは経験を重ねながら自由に学んでいるわ。ほかのすべての女性と同じように。たとえ過ちを犯したとしても、わたしにはその自由が必要なの。過ちも成長の一部よ」彼女は堂々と主張した。

「あなたは間違いなく成長している」ヴィヴィは悲しげに認めた。「あなたと論争する日が来るとは夢にも思わなかった」

「ウィニーでさえあなたとの言い争いは避けるものね」ゾーイは笑い、自分よりはるかに背の高い姉を抱きしめて、狼狽《ろうばい》するほどごく個人的な論争が終わったことに安堵《あんど》した。

一時間後、ヴィヴィが迎えの車に乗りこんで去ったあと、ゾーイは物思いにふけりながら自室に戻った。

わたしは彼に恋をしていない。単純に幸せなだけ。幸せであることになんら問題はないでしょう？　これほどの幸福感に浸れたのは生まれて初めて。だから今は思う存分楽しもう。ゾーイは心を決めた。

自己主張するように、誘うように、バスルームに陣取るソファを眺め、ゾーイは思わず笑みをもらし、のんびり階段を下りて中庭に入った。部屋の端から端まで広がる専用の中庭は完全にプライバシーが保たれていた。

そして至るところに、彼女を喜ばせたいというラジの思いがあふれていた。かつての暗い中庭は、二人が不在のあいだに多くの木が植えられて緑の楽園となった。エキゾティックな花が咲き誇り、長年使われていなかった噴水も、今は澄んだ水を勢いよく噴き上げている。水はきらめきながら放物線を描いてタイル張りの水盤に落ちていった。ラジは自分の計画を一言も口にせず、万事がその調子だった。彼は感謝を求めることもない。贈り物はいつもなんの前触れもなく現れる。放置された古い中庭の見事な改修と同じく。

かつてのナビラのようにラジに愛されなくても、わたしはかまわない。大事にされているというあかしがあれば充分だ。ゾーイは自分にそう言い聞かせた。しかも、ラジは驚くほどの迅速さと強い決意でそれを見せてくれる。どうして偽装結婚にこれ以上のものを求めることができるの？　ラジはもうわたしに期待以上のものを与えてくれているのだから。

これは永久には続かないとわたしは知っているし、受け入れてもいる。今日を精いっぱい生きること——それがわたしの選択だ。明日のことは明日が来てから悩めばいい……。

9

ゾーイはめまいと吐き気を覚え、ベッドの上で半身を起こした。

不安がこみ上げ、胃がよじれる。最初にその症状が出たとき、てっきり何かのウィルスに感染したのだと思った。ところがそれから数週間がたち、食事にも注意を払っているが、体調はいっこうに回復する兆しがない。ラジは宮殿の医師を呼ぼうと言ったが、より大きな懸念に襲われ、ゾーイは彼を引き止めた。

バスルームの鏡に映る青白い顔を見て、ゾーイは眉をひそめた。体重は減り、小さな顔に不釣り合いなほど目が大きく見える。めまいがおさまると、シャワーの下に立って、マラバンに着いてから生理が来ていないことを頭から追い払おうとした。妊娠するなんてありえない。たとえめまいや吐き気や胸の張りが、妊娠中の姉たちを思い出させるとしても。ラジは常に避妊に気を配っていた。なのに、どうして妊娠するの?

ただ、数週間前に一度だけ、シャワーの下でラジが避妊に目をつぶり、わたしも黙認したことがある……。今さらながら、ゾーイはあのとき指摘していればよかったと悔やんだ。

もちろん、絶対に確実な避妊法はないけれど。

妊娠検査キットをひそかに購入するのはとうてい不可能な状況で、どうすればこの不安を一掃できるの? わたしが一人で宮殿の外に出るチャンスはない。外出の際は必ず警護員に取り囲まれ、大勢の従者が同行する。マラバンの皇太子妃が妊娠検査キットを買っているところを見られたら、大騒ぎになるだろう。国民を熱狂させることがわたしを不安に突き落としているなんて、なんとも皮肉だ。なぜなら〝今きみが妊娠したら面倒なことになる〟というラジの言葉が耳にこびりついて離れないから。

彼の指摘は正しい。これは偽装結婚なのだ

から。もしわたしが男の子を産んだら、その子はマラバンの王位継承者になる。万一そんなことになったら、わたしは少なくとも二十年はラジの元妻としてマラバンにとどまらなければならないだろう。そんなのはいやだ。ラジの人生の片隅に身を置き、彼が別の女性と結婚して家庭を築くのを見るのは拷問に等しい。この結婚が終わりしだい、ラジは前に進むだろうが、そんな彼を近くで見つづけるのはつらい。

ゾーイは水色のドレスを着て、髪を三つ編みにしてから寝室を出た。すると、若い黒髪の美人――ゾーイ付きの秘書のバハルが予定表を手に待っていた。イギリスを離れて数カ月がたち、学校などを訪問する公務をラジの手を借りずに一人で自信を持ってこなせるようになったのはうれしい収穫だった。もっと強くなって自分の人生を歩むという目標をかなえるには、マラバンに来てラジと結婚したことは最良の決断だったのだ。

運ばれてきた朝食を見た瞬間、胃が喉から飛び出しそうになり、ゾーイは皿を押しのけて、紅茶だけで我慢した。どのみち、公務に出かけるのなら、食べないほうがいい。公衆の面前で吐き気を我慢できなくなったら、体裁が悪すぎる。ゾーイはそんな場面を想像してぞっとした。あとで軽食をとろう。そのころには吐き気がおさまっているといいのだが。

階段を下りているときに冷や汗が出て、ゾーイはラジの仕事部屋に立ち寄ろうかどうか迷った。脚に力が入らず、石の手すりにつかまる。なんとかまっすぐ立ちつづけたものの、めまいと吐き気に屈して体が傾いた。背後から誰かが抱き留めてくれたことをぼんやりと感じながら、彼女は気を失った。

ゆっくりと意識を回復する途中、ゾーイは腕に針が刺さる感触にうろたえ、つながれていた手をぎゅっと握りしめた。目を開けると、ラジが身をかがめて言った。

「起き上がるな。また気を失うかもしれない。ドクター・ファデルが血液検査をしたほうがいいと判断し、きみの承諾を取らずに採血した。すまない」

ゾーイは穏やかな声で話すラジの背後に目を走らせた。室内は心配顔の人たちでいっぱいだ。ゾーイは恥ずかしさのあまり目を閉じ、言われたとおり起き上がらずにいた。階段でつまずきかけた記憶がよみがえったからだ。

「約束の時間に遅れてしまう」公務のことを思い出し、ゾーイは気遣わしげに言った。

「今日は宮殿でゆっくり休むんだ」

「でも……」

「医師が異常なしと判断するまで、外出は禁止だ」

ラジはゾーイが聞き慣れない断固とした口調で言った。その態度に衝撃を受け、彼を見つめる。だがラジはすでに立ち上がり、机上の往診鞄《おうしんかばん》を閉じている初老の男性と話をしに行った。寝かされているのはラジの仕事部屋のソファだった。結婚当初ラジが就寝用に使っていたソファだ。ゾーイはゆっくりと慎重に体を起こそうとした。

するると、ラジはすぐに戻ってきた。「おとなしく安静にしているんだ」憤然として言う。

ラジは怒っている。ゾーイは驚き、その理由を考えた。たぶんわたしの気絶で迷惑を被ったからだろう。室内にはまだスタッフが大勢いて、みんないっせいに母国語でラジに話しかけている。ゾーイには全体の三分の一程度の簡単な単語しか聞き取れない。アラビア語を習得するという彼女の野望はまだ端緒についたばかりだった。

ようやくスタッフが引き払い、ラジと二人きりになると、ゾーイはつぶやいた。「もう起きてもいい？　それともまた怒る？」

ラジは部屋の端から彼女を見つめ、歩み寄ってきたが、突然二人のあいだに見えない壁ができたかのように一メートルほど手前で立ち止まった。

「悪かった。きみに怒っていたわけではない。きみの健康を軽視した自分に怒っていたんだ。体調がすぐれないのを知っていながら、きみの言うことを聞いて医師を呼ばなかった自分に。無理にでも医師に診せるべきだった」

「ラジ、これはわたしのせい、憎らしいウィルスのせいよ。それにわたしはお医者様にかかるのが大嫌いなの」

「きみはボディガードのキャリムに礼を言いたくなるはずだ。きみが階段から転げ落ちるのを防ぎ、命を救ってくれた。最高に運がよくても、手足を骨折していただろう」ラジは荒々しい声で言い、両脇で拳を握った。「死ぬ確率のほうが圧倒的に高かった。危険を承知で試す気はないが」

「もちろんよ」ゾーイは間一髪で助かったことを知り、身震いしながら同意した。「わかったわ。あなたが正しく、わたしが間違っていた」

「ぼくはきみを守ると誓ったのに、自分の義務を怠った」ラジは無念さを声ににじませた。

ゾーイは青ざめた。「それはあなたの義務じゃないわ、ラジ。わたしは充分に大人なのよ。わたしが間違った選択をし、医師の診察を断ったの。わたしの過ちのせいで、自分を責めないで」

「どうして自分を責めずにいられる？」ラジは信じられないという顔で彼女を見た。「きみはぼくの妻だ。そして異国で暮らしている。ぼくのほかに誰が、きみの健康や幸福に責任を持つというんだ？」

わたしはあなたの本当の妻じゃない――その言葉が喉まで出かかったが、ゾーイは危ういところでのみこんだ。本当の妻かどうかは重要ではない。ラジはわたしの世話をすることを自分の義務だと感じているのだ。三カ月前なら、わたしは自分の面倒は自分で見られると宣言しただろう。でも、今はラジのことを少し知り、彼が一言も不満をもらさず、押しつぶされそうに重い義務を引き受けていることを知っている。

国王の体調は日ごとに悪化し、ラジは宮殿を留守にすることもままならず、彼の双肩にはいっそう重い責任がのしかかっていた。驚くことではないが、ラジは引き締まった美しい体に〝無責任〟という細胞を一つも有していない。どんな不運も過失も自分のせいにするのが、腹立たしいほど得意な皇太子だ。

「もし怒っているように聞こえたのなら、謝るよ」ラジは張りつめた声で言った。「だが、ぼくはきみのことが心配でたまらなかった」

「わかっているわ。わたしは大丈夫。もう公務に行けそうなくらい回復した気がする」

「だめだ。先方にはぼくが代わりに行く」ラジは強硬に主張した。「きみは検査結果が出るまでどこにも――」

「ラジ、お願い、わたしは本当に大丈夫だから」ゾーイはその言葉を強調するため、足を床に下ろした。

「だったら、試してみよう」ラジはあくまで慎重で、ゾーイの手をつかんで立ち上がる手助けをした。彼女を自分のほうに引き寄せ、優美な顔に長々と視線を這《は》わせる。「昼間は時間がないが、夜になればぼくの体は空く。もしもきみがあのソファで元気にぼくの帰宅を歓迎してくれたら、飛び上がるほどうれしいよ」

ゾーイはくすくす笑い、爪先立ちして彼の官能的な口を味わった。それはラジの気を散らし、彼女の健康に関する過剰な心配を魔法のように取り除く効果があった。ゾーイの動《どう》悸《き》が激しくなり、細い指はラジのシャツの前をつかみ、引きちぎりそうな勢いだ。たちまち彼の下腹部がこわばり、早くも準備ができているのを肌で感じる。興奮がゾーイの体を駆け抜け、欲望が彼女を放埓《ほうらつ》にさせた。

ラジは自制心を総動員してなんとか体を引き離した。「今はだめだ。国民がぼくの到着を待っている」彼女に思い出させる。「とはいえ、こういうときは、きみを除いた全員に〝失《う》せろ！〟と言える自由が欲しい」

ゾーイは顔を赤らめ、気を散らせるためだけに彼を誘惑した自分を責めた。あまりに身勝手な行動だった。ラジが身勝手と無縁の人であるだけに、ゾーイは後ろめたさを覚えた。けれど、彼からのソファへの誘いは大歓迎だ。ゾーイは期待に身を震わせ、ほんの数カ月前まで恥ずかしがり屋だった女の子に何が起きたのだろうと考えた。

階段をのぼりながらゾーイは考えを巡らせた。今までわたしは周囲のスタッフや公務で出会った人たちにラジの妻としてどう見られているか、本当には理解していなかったのではないか、と。彼らがどれほど真剣にわたしを守り、心配してくれていたかを。ラジとわたしが離婚したら、彼らは失望するだろう。でも、わたしにはどうしようもない。そうでしょう？　わたしは偽の皇太子妃だ。国民をだますために作られた偽の花嫁だ。彼らはそれを知らない。ゾーイはそう考えていやな気分になった。

部屋で昼食をとっていると、ラジの仕事部屋で見かけた初老の医師が電話で面会を求めた。その偽りのない言葉は彼女の胸を打った。

ラジと一緒にいるときのわたしは恥ずかしがり屋ではない。かつてはセクシーな下着を買ったり、それを着てポーズをとったりするなんて考えられなかった。今は彼の獰猛《どうもう》な欲望をあおり、大胆な鑑賞の視線を浴びて、自分の女としての力を毎回楽しんでいる。わたしはついに新しい自分を発見したのだ。ゾーイはそう思って胸を躍らせた。

ゾーイは仕事部屋の外で職務に就いていたキャリムに、救ってくれた礼を言った。彼は歯を見せて笑い、自分が当番のときにプリンセスの身に何か起きるくらいなら自分が死んだほうがましです、たどたどしい英語で応じた。その偽りのない言葉は彼女の胸を打った。

てきた。ドクター・ファデルはタヒル国王の主治医で、宮殿に居住している。ゾーイにとって幸いなことに、ロンドンで医師免許を取得したので流暢《りゅうちょう》な英語を話した。

お決まりの礼儀正しい挨拶のあと、ドクター・ファデルから周囲のスタッフの退室を求められ、ゾーイはかすかに顔をしかめてうなずいた。いやおうなく緊張感が増す。

「このような重大なニュースをお伝えすることができ、医師冥利に尽きます」彼は満面の笑みで告げた。「ご懐妊でございます、妃殿下……」

「懐妊……」ゾーイは初めて聞く言葉のようにつぶやいてよろよろとあとずさり、医師を迎えるために立ち上がった椅子に再び座った。医師の告知に茫然自失《ぼうぜんじしつ》となり、最大の恐れが現実になったショックが彼女の世界を根底から揺さぶった。

「血液検査は陽性でした。もちろん、さらなる検査をしなければ、それ以上のことは何も申し上げられません」ドクター・ファデルは問いかけのまなざしをゾーイに注いだ。「さらなる検査をすることに異存はございませんか？　それとも別の医師――専門医をご所望ですか？　ちなみにわたしは経験豊富な医師で、この王宮でも多くの女性患者を診てきました」

ゾーイは放心状態のまま、テーブルに手を

かけて再び立ち上がろうとした。

妊娠ですって？　彼女は頭の中で叫び、何かの間違いなのではないかとまだ疑っていた。医師の診断が間違いであることを明らかにするためならどんな検査でも受けるのに。ゾーイは不安におののきながら、医師のあとから部屋を出た。ドクター・ファデルは宮殿にエレベーターがないことを嘆いたが、すぐに設置されるでしょう、と請け合った。先ほど妃殿下が階段から転落しかけた事故があったばかりですからと。確かに、妊婦が階段を駆け上がったり駆け下りたりするのは危険だ。それがマラバンにとって非常に大切な子供を身ごもった女性なら、なおさら。

ラジにとっては大切ではない。ゾーイはみじめな気分でそう思った。彼は妊娠を〝面倒なこと〟だと言いきったのだから。不意に、ゾーイは相反する二つの心情に引き裂かれた。子供は大好きだから、妊娠したのはうれしいという思いと、ラジが望んでいるように医師の診断が間違いであってほしいと願う後ろめたい気持ちに。

宮殿から誘拐される直前に注射を打った痩せぎすの看護師をゾーイは見かけたが、嫌悪感を表には出さなかった。妊娠検査のほうが重要だと考え、いっさい反応を見せずに検査ベッドに仰向けになる。超音波機器が運びこまれ、ほどなく赤ん坊の心音が聞こえてきた。

ゾーイは青ざめ、医師の診断が間違いであることを願った自分の愚かさをなじった。すでに三カ月で、まもなく妊娠第二期に入るところだった。つまり、結婚生活のごく初めに妊娠したことになる。

医師は喜色満面でビタミン剤を処方し、まるで歩く奇跡を見ているかのようにゾーイを眺め、早い段階での妊娠に祝意を述べた。確かに王家の前の世代に比べたら、奇跡に思えるのも無理はない。ラジが生まれるまでに三十年という歳月と三人の妻を要したのだから。

「国王陛下はさぞお喜びになるでしょう」医師は明るく言った。

「ええ、でも……」ゾーイはためらった。こうした慶事を宮殿内で秘密にしておくことがはたして可能だろうか？

「陛下にはこのような吉報が必要なのです。依然として容態が不安定な今は」医師は厳粛な面持ちで告げた。

「それなら、夫から陛下に伝えてもらいます。まずわたしが夫に話したあとで」ゾーイは強い口調で言った。

とはいえ、わたしは無駄な抵抗をしているのかもしれない。秘密は必ずもれるものだし、それを防ぐ手立てはない。医師と看護師、そして血液検査をした人はすでに妊娠を知っている。そのニュースがいかに早く広まったか、ほんの数分後、自室に戻ったときにわかった。

ゾーイは即座に寝室に誘導されたばかりか、そこには紅茶とジンジャービスケット、ベッド脇には読みさしの本が用意されていた。妊婦への心づくしだ。ゾーイはうめき声をこらえ、厚意を受け取ることにした。皮肉なことに、今日はさまざまな出来事が重なり、疲れ果てている。彼女は靴とドレスを脱いでベッドに横たわり、間近に控えた怖《お》じ気《け》づきそうな夜に備えて体を休めようとした。こうなった以上、すぐさまラジに話すしかない。最初にあのソファを使ったほうがいいかしら？ それって、あまりに作為的？

結局、ゾーイは決断できなかった。ほとんど眠っていたからだ。ドアが閉まる音ではっと目が覚め、ゾーイはベッドに近づいてくるラジの姿を見た。薄い下着だけを身につけた妻を、ラジは物憂げな表情で見つめ、ベッドの端に座った。「気分はどうだ？」

「大丈夫よ。今は吐き気がおさまり、おなかがすいたわ。ドクター・ファデルによると、この症状はもうじき徐々に消えていくんですって」ゾーイは緊張して告げた。「わたしは病気ではなく、妊娠しているの……」

つかの間ためらったあと、ゾーイは思いきってラジの表情をうかがった。浅黒いハンサムな顔はこわばり、口は固く結ばれている。

「婚礼のすぐあと、シャワー室で妊娠したんだと思う。あなたは避妊を忘れていた。わたしが指摘すればよかったのだけれど、まさかこんなことになるとは思わなくて」彼が何か言ってくれることを願いながら、ゾーイは気まずく言葉を続けた。

ラジは目をしばたたいた。一瞬、周囲のものがすべて消えたからだ。それだけゾーイの告白は思いがけないことで、殴られたような衝撃を受けた。顔から血の気が引き、やがてラジは自分が置かれた状況を認識した。

「ぼくたちはこの三カ月、食事と仕事のとき以外はほとんどベッドにいた」ラジは力なく言った。「ぼくには何も言う資格がない。避妊の責任はぼくにあるが、それを怠った。そうか、ぼくたちは親になるのか……すまない、あまりに驚き、呆然《ぼうぜん》としている」

「あなたはわたしが妊娠したら面倒なことになると言った」ゾーイは不安げにつぶやいた。まだラジの胸中が読めない。すると、ラジが急に立ち上がり、落ち着きなく部屋を行ったり来たりし始めた。

「ぼくよりもきみにとって面倒なことになるという意味だ」ラジは明言した。「ぼくたちはいずれ別れる約束だったが、ぼくの子を妊娠したきみを去らせるわけにはいかない。ぼくたちの子供を母親なしで育てたくはないんだ。しばらくこの結婚を継続できないだろうか？　ぼくたちはうまくやっていけると思うが」ラジのまっすぐな漆黒の眉が問いかけるように上がり、強烈な黒い目が答えを求めてゾーイの顔を探った。「受け入れてくれないか？　結婚を継続すれば、一緒に子供を育てられる」

ゾーイはかすかに震えながら息を吸い、再び肺が機能するのを許した。目の奥に熱いものがこみ上げる。ラジに結婚の継続を乞われるまで、ゾーイは自分がどれほど息を凝らして緊張していたか気づかなかった。全身の筋肉のこわばりがゆっくりとほどけていく。

「つまり普通の結婚のように続けるわけ？」

「そうだ。今までどおりに。ぼくはもちろん、それで満足できるが、きみもそうじゃないのか？」ラジは顔をしかめて尋ねた。

ゾーイはうなずいたものの、結婚の継続についてラジがもう少し胸の内を語ってくれたらと願わずにはいられなかった。

ほら、また始まった。ないものねだりはやめなさい。ゾーイは自分を叱った。ラジのナビラへの愛があふれた写真を見たときに強烈な嫉妬を抱いたことを今も鮮明に思い出せる。その感情を抑え、隠す以外にわたしにできることは何もない。二人が実利に基づいて結婚した状況を考えると、ラジにわたしを愛してほしいと願うのは理不尽だし、見苦しい。

「あなたはしばらくこの結婚を継続したいと言ったけれど、具体的にはどれくらいの期間を考えているの？」

具体的な回答を求められ、ラジは身を硬くして髪を指でかき上げた。「そこまではっきりさせなければならないのか？」

彼の非難がましい口調に、ゾーイの胸が痛んだ。「あなたがどの程度の未来を想定しているのか知っておいたほうが、何かとやりやすいと思うの」

「きみや子供と一緒に過ごす未来に、特に期限は考えていない。ぼくは最初に同意したすべての条件を破棄し、これを普通の結婚にしたいんだ」ラジはいっきに言った。「きみが妊娠しているなんて今も信じられない」

「わたしもよ」ゾーイは這うようにしてベッドから下りたが、すぐにラジの力強い腕に抱き留められた。

「これほど簡単に子供ができるとは思わなかった……すばらしいハプニングだ」ラジはかすれた声でつぶやき、彼女と並んでベッドに座った。「まだこのベッドを一緒に使っていいのかな？」

「もちろんよ。わたしは充分な検査を受けたから」自分が最も欲しいものをラジに与えてもらったのだと気づき、ゾーイは安堵《あんど》と幸福感でめまいがした。近ごろ病みつきになっている塩キャラメルアイスクリームを我慢するように、ラジを諦める必要はない。ずっと彼のそばにいられる。もちろんこれは完璧ではない。ラジはわたしが妊娠したから結婚の継続を求めたにすぎない。たとえそうであっても、普通の妻として認められることは〝セックスフレンド〟からの大きな昇格だ。

「何を考えている？」ラジはベッドに仰向けになり、物思いにふける彼女を穏やかに問いつめた。

「大事なことは何も」ゾーイは正直に答えた。遅かれ早かれ彼が与えてくれる以上のものを自分が切望してしまうとわかっていても。

ラジは唇を優しく重ね、彼女の下唇を歯で苛《さいな》んだ。ラジが腿のあいだに腰を密着させてくると、ゾーイは下腹部が熱く潤むのを感じた。ラジの興奮のあかしは硬く張りつめている。彼はいつもわたしを激しく求めてくれる。それだけで充分。わたしを求め、大切にし、理解してくれるだけで充分よ。

どさくさに紛れて彼を自分のものにするような後ろめたさがあっても？　ゾーイはその意地悪な問いを押しつぶした。思いがけなく、最初に思っていたより長くラジと一緒に過ごせることになった。だからそれ以上を求めるのは貪欲すぎる。

「きみが欲しい、ゾーイ」ラジは粗削りな口調で言い、起き上がってネクタイをもぎ取り、シャツを脱ぎ捨てた。「ぼくの子がおなかにいると思うと、いつも以上にセクシーに見える……」

そういうものなの？　ゾーイは目をぱちくく

りさせた。ラジは彼女の体を持ち上げ、巧みにブラジャーを外した。小ぶりの胸が解き放たれ、とがった先端が彼の口による愛撫《あいぶ》を求めているのを見て、満足げなうめき声をあげる。一方の先端を指でからかうと、彼女の口からあえぎ声がもれた。

「きみはずいぶん感じやすくなっている」ラジはかすれた声で言った。「ぼくはきみの体が大好きだ」

ゾーイはそれを知っていた。ラジは彼女の体をけっして放っておかず、触れずにそばを通り過ぎることは絶対にない。二人が別々に過ごした一日も、最後は必ずベッドで締めくくられる。彼の仕事部屋のソファも何度か使い、長距離ドライブのさなかにリムジンの中で事に及んだこともある。ラジは驚くほど精力旺盛だ。周囲の人たちはみんな、彼が一日おきにセックスに時間を割いているとは思ってもいないだろうが、実際はそうなのだ。

ラジは彼女の下着をはぎ取り、それから自分のファスナーを下ろしてもどかしげにズボンを脱いだ。そのあいだも、ゾーイの興奮はいや増した。そして神々しく美しい体を惜しげもなくさらし、ラジは彼女の腕の中に戻ってきた。

ゾーイは大切な宝物のように彼を抱きしめた。今思えば、彼女は自分が何をしているか、頭の中で何が起きているかもわからないまま、その宝物を求めて奮闘していたのだ。ゾーイは愛が欲しかった。愛を求めない女性がいるかしら？ でも、もしラジがそれ以下のもので我慢できるのなら、わたしも我慢できる。ラジが優しいキスで彼女の体に火をつけたとき、ゾーイはそう思った。やがてラジは自分が最も好きな方法で楽しませるため、彼女の脚を開いて押し入った。

喜びのさざ波が下腹部に集まり、ゾーイは彼の髪をつかみ、身をよじって懇願した。そしてついに爆発的なクライマックスを迎えた。ラジはなおも激しくキスを続け、張りつめた高まりを深くうずめてくる。興奮は再び急速に高まり、ゾーイは息を切らして彼を受け止めた。ラジが本能に任せて動くたびに、興奮は耐えがたいほどふくれあがっていく。それはやがて恐れおののくほどすさまじい喜びに変わり、息もつかせぬ荒々しい高みへと彼女を舞い上がらせた。

はるかなる高みにいたゾーイには電話の呼び出し音は聞こえなかったが、地上に戻ってくると、ラジが電話を手に行ったり来たりしながら、切羽つまった口調で話をしていた。いつものように彼に抱きしめられていないことを寂しく思いながらも、ゾーイは頬杖《ほおづえ》をつき、ブロンズ色の筋肉質の裸体を眺めて楽しんだ。

しかし、ラジが立て続けに何本か電話をか

けるのを見るうちに、その楽しみも徐々に消えていった。ラジの顔から笑みが消え、厳しい表情に変わっていく。きっと何か事件が起きたに違いない。表情だけでは、吉報か凶報かは判別できないけれど。

「きみを置いて出かけなければならなくなった」ラジはしかめっ面で言った。「建設会社の作業員がジョサイアスの工事現場で古代の貴重な遺跡を発見したようだ」

「マラバンの首都で進行中の病院プロジェクトの現場ね？」

「非常に心躍る発見である可能性が高いが、それはつまり、正式な調査が終了するまで、その現場を封鎖する必要があることを意味する。一時的に、プロジェクト全体と作業員が宙ぶらりんの状態になる。ぼくは現地に飛んで責任者と会い、大至急、対策を練らなくてはならない。ひょっとして、建設作業そのものが取りやめになるかもしれない」ラジは陰鬱な顔で続けた。「だが、どうしてもあの場所に病院が必要なんだ」

　ナビラがその建設会社の最高経営責任者《CEO》であることを思い出し、ゾーイは淡いブロンドに囲まれた顔を紅潮させて起き上がった。ラジが八年ぶりにナビラと再会する。ゾーイはどうしても夫の近くにいたかった。

「わたしも行くわ！」突然ゾーイは叫んだ。

「いや、今回はだめだ。きみが行ってどうする？　ぼくは夜どおし会議に出る羽目になるうえ、この問題を片づけるには、明日いっぱいかかるかもしれない」ラジはそっけなく言い、バスルームに向かった。

「それでも行きたいのに……」ゾーイはからっぽの部屋で独りごちた。

でも、接着剤のように彼にくっついているのは見苦しいわよ。ゾーイは自分をたしなめた。男性にとって愛に飢えた嫉妬深い女ほど不快なものはない。夫が元恋人と仕事をするというだけで、被害妄想に駆られて行動を起こしたら、ラジはたちまちわたしに愛想を尽かすだろう。幼稚な不安に突き動かされるのではなく、もっと大人にならなければならない。ゾーイは急いで自分に言い聞かせた。

結局、人は短期間では何も変われないのだ。おなかに子供がいて、結婚が本物になったとしても。

実のところ、ラジはこの事態をどう感じているのだろう？　彼の気持ちを少しもつかめていないことに気づき、ゾーイは呆然とした。その事実を認めた瞬間、彼女の安心を守る心の防御壁から煉瓦《れんが》が崩れ落ちた。ラジは妊娠したわたしを〝セクシー〟だと表現した。それが最も彼の個人的感情に近い言葉だというのは悲しいけれど、甘んじて受け入れるしかない。ラジはわたしの妊娠を〝すばらしいハプニング〟とも言ったけれど、それって彼が喜んでいるということ?

ゾーイは眉根を寄せた。どうしてラジは単純にうれしいと言わなかったの?

改めてあのときの会話を思い出してみると、ラジは何一つ率直な感想を口にしなかった。情熱的な男性の表現としてはかなり物足りない。ゾーイの中で不安がふくれあがった。

つまり、我が子への義務と責任を果たすためだけに、ラジは結婚の継続を求めたの?

もしそうだとしたら、わたしはどうすればいいのだろう?

10

宮殿を発《た》つ直前まで、ラジの携帯電話はひっきりなしに鳴りつづけた。出発時ゾーイがきわめて静かだったので、彼は罪悪感に駆られた。しかし、夜遅く彼女を連れていくわけにはいかない。妊娠しているうえに、彼自身の宿泊先さえ決まっていない状況ではなおさら。ゾーイは病気ではないが、とても弱々しく見え、食欲もなく体重も落ちている。ラジはそのことに気づいていたが、まさか妊娠しているとは思わなかったので、何も言わず、なんの手も打たなかった。いったいぼくはどういう夫だ？　よい夫でないことは確かだ。ラジはしかめっ面でそう思った。

だが数カ月後には父親になることを思い、顔にまばゆい笑みが浮かんだ。まさに驚嘆に値する。状況を考えると、奇跡に近い。

宮殿の前庭でリムジンを待っていたとき、またも電話が鳴った。ラジは電話を取り出し、相手が名乗った瞬間、驚きで言葉を失った。その男に会ったことはあるが、王家の人間であるがゆえに、そうした職業の者とはことさら親しくならないよう心がけてきたのだ。その記者が口にした警告は、ラジをいっそう驚かせた。すぐさまオマールに電話をかけ、そのことを知らせると、彼は自分も病院の建設現場に行くと申し出た。

彼らは現場を訪問し、懐中電灯や考古学者とともに対処にあたった。考古学者は興奮し、アレクサンドロス大王が建設した〝伝説の失われた都市〟がマラバンで発見されることを願っていた。

一段落したのは翌日の早朝で、ラジは今すぐベッドに倒れこみたいほど疲れていた。現場に近い比較的小さなホテルに入ったとき、ゾーイも連れていきたいという誘惑に打ち勝って本当によかったと思った。妊婦にとってその環境が快適とはとうてい思えなかったからだ。ラジが電話で妊娠のことを報告したとき、父はいたく感激していたので、ゾーイは一足早く王妃のような扱いを受けられるだろう。

ラジはそのときのことを思い出してほほ笑み、隣にいたオマールと話しながら、自分が泊まる部屋のドアを押し開けた。その瞬間、真偽のほどを疑っていた記者からの警告がよみがえった。彼が使うはずのベッドにナビラが座っていて、シーツを故意に落として胸をあらわにしたからだ。たちまち怒りと不快感が湧き起こり、ラジは恥知らずな彼女から目をそむけた。ナビラがオマールに視線を走らせ、困惑と恥じらいらしき表情を浮かべても、まったく心を動かされなかった。

「お願いだから、オマールを追い出して」ナビラはラジに頼んだ。

「ぼくは出ていかないぞ」オマールは満足げに言い渡した。ラジが彼女に恋をしているときから、オマールはその黒髪の女に好感を抱いていなかったのだ。「だが、予想以上にきみが低俗な人間だとわかってうれしいよ」

ラジはベッドに歩み寄った。「いったいなんのまねだ?」

ナビラはオマールを無視すると決めたらしく、あからさまな欲望の目をラジに向けた。

「あなたが欲しいの。今度こそあなたをわたしのものにできるなら、なんでもする。それで充分じゃないの？」物憂げな誘惑の目つきをして続ける。「わたしたちのあいだにあった熱いものに、もう興味がないとは言わないで」

ラジは嫌悪に口をゆがめ、まわれ右をしてドアに引き返し、廊下にいた警護班を呼び寄せた。「彼女を追い出せ。それからぼくに別の部屋を用意してくれ」いらいらして命じる。

「今度は結婚してほしいとは言わない」ナビラは彼の背中に甘い声でささやいた。「わたしは愛人になる……あなたがひそかに思い描く妄想のすべてに」

「ぼくの妻こそ、ぼくがひそかに思い描く妄想のすべてだ」ラジは冷ややかに言って歩き去った。

翌日、ラジはホテルのテラスで仕事を兼ねた朝食会に出ていた。オマールのほか、今回のプロジェクトの担当メンバーが参集している。ＣＥＯであるナビラはラジの向かいの席に堂々と陣取っていた。彼は徹底的にナビラを無視し、彼女が話しているときも顔を向けさえしなかった。

「ラジ！」

ナビラが不意に叫んで彼の手をつかんだので、ラジはあっけに取られた。そして一瞬、彼女が醸し出す親密な雰囲気と、彼女の懇願のまなざしに混乱して身動きできなかった。

そして我に返って手を引き抜き、椅子の背もたれに寄りかかって、もっとすばやく反応しなかった自分を罵った。ナビラは彼の結婚にとって脅威そのものだからだ。

そのとき、ラジはかすかな疑いさえ抱かなかった。よもやカメラマンが近くに隠れて望遠レンズを向け、手を握る二人の写真を盗み撮りしたばかりか、加工してほかの同席者たちの姿を消し、メディアに売るつもりでいようとは。

その二時間後。

眠っていたゾーイはベッドで寝返りを打ち、なぜ目が覚めたのかと不思議に思った。ベッド脇にあるキャビネットの上で携帯電話が光ったことには気づかなかった。ベッドの反対側に手を伸ばして初めて、ラジが一晩じゅう留守にしていたことを思い出す。ゾーイはいらだたしげにため息をつき、誰もいないシーツから手を引いて、毎晩ラジを求めるのは依存症だと自分を戒めた。わたしは彼がいなくても楽しく過ごせるわ。ええ、そうですとも！　その確信がすぐに試されることになるとは夢にも思わず、ゾーイは再び眠りに落ちた。

次に目覚めたゾーイはベッド脇に立つ姉たちを見て仰天し、目をしばたたいた。「こんな時間にここで何をしているの？」

「わたしとヴィヴィはドバイでショッピングを楽しんでいたの。だからここまで来るのにそれほど時間はかからなかった」ウィニーがこわばった口調で説明した。「あなたを連れて帰るつもりよ。おじいさんも承諾しているわ」

ゾーイは起き上がった。「なぜわたしを連れて帰るの？」

「なぜなら」ヴィヴィが冷ややかに割って入った。「ラジはあなたの目の届かないところで女遊びをし、あなたはあのろくでなしにぞっこんだからよ！」

ゾーイは顔をしかめた。「ラジはそんなことしないわ」確信を込めて否定する。その点に関しては絶対的に彼を信頼していた。

ウィニーは携帯電話をゾーイの目の前に突き出した。ゾーイは困惑してまばたきを繰り返し、ラジと一緒に写っている女性に目の焦点を合わせた。この世でただ一人、彼に対するゾーイの信頼を揺るがす女性に。写真の中で、ラジとナビラは手を握り合っていた。浅黒いハンサムな顔はとても真剣で、ナビラの顔には懇願が浮かんでいる。いったい彼に何を懇願しているの？　汗が噴き出し、なじみとなった吐き気も襲ってきて、ゾーイはベッドから飛び出した。姉たちを押しのけ、バスルームに駆けこむ。

「どこでその写真を見つけたの？　ラジは昨

夜出発したばかりなのに」ゾーイはようやく話せるようになってから、写真はいつ撮られたのだろうと不思議に思った。とはいえ、はたしてタイミングが重要なの？

「朝いちばんに、おじいさんのところに買ってくれと言ってきたの」ウィニーが不快そうに告げた。「たぶん強欲なパパラッチが撮ったんでしょうね。この写真がマスコミに高く売れると踏んで」

ゾーイは洗面台に覆いかぶさるようにして歯を磨いた。めまいと吐き気でまだ体に力が入らない。ヴィヴィが彼女を優しく洗面台から引き離し、ラジが購入したバスルーム用のソファに座らせた。

「さあ、深く息を吸って、落ち着くのよ。どうしたの？　どこか体の具合が悪いの？」

「妊娠しているの」ゾーイはささやき声で答えた。写真を見た衝撃がまだおさまらず、自分をのみこもうとする苦痛の大波と格闘する。昨夜ラジはわたしの同行を拒んだ……元恋人と過ごす自由が欲しかったから？

「妊娠？」ヴィヴィが叫び、姉たちはゾーイの頭越しに活発な議論を交わし始めた。

ゾーイは喜んでそれを無視した。もっと重要な決断が眼前に立ちはだかっていたからだ。ほかの女性を愛し、すでに妻に隠れて会っている人と結婚を継続できるだろうか？　写真上では手を握り合っているだけだけれど、たぶんこれは二人のあいだで起きたいちばんつつましい出来事に違いない。ゾーイはそう考え、気分が悪くなった。ラジとナビラが体の関係を持つチャンスをまだ得ていないとは思えない。写真では長いあいだ音信不通だった恋人同士がようやく再会を果たしたかのように見つめ合っているのだから。

「率直に言うわ」ヴィヴィが驚くほど静かに口を開いた。「あなたはラジを愛している。でも、彼はあなたを傷つける。わたしたちはあなたを愛しているから手を引くことはできないし、彼を許すこともできない」

「わたしはラジを愛してなどいない」ゾーイは嘘《うそ》をついた。姉たちの手前プライドを保とうと必死に努力するも、目が潤みだす。

だが、それこそが事実を物語っていた。ゾーイがひそかに心の奥底に押しこめ、向き合うのを拒んできた事実を。彼女は偽りの夫を熱烈に愛していた。愚かな理由のせいで。

彼のほほ笑み、彼の声、ベッドでのたくましさ。さらには、彼がメイドに頼んでくれたイギリス流の朝の紅茶。彼がひそかに購入し、何食わぬ顔で衣装室にそっと置いてくれた何足ものすてきな靴。

そうしたたくさんの愚かな理由のせいで。

ウィニーの目にも涙が浮かんだ。「一緒にアテネへ帰りましょう……お願いだから」

最初ゾーイは断った――いくつかの選択肢

を考えてみるまでは。

わたしはここでラジと対決することもできる。彼は事実を認めるはずだ。それはわたしにとって慰めにはならないだろう。

あの写真を見ていないふりをし、一人で苦悩することもできる。その選択肢はいっそう気分を落ちこませる。

あるいは、一息つける場所に移り、次の行動を決めることもできる。逃げるのではない。それは、感情的な反応を抑え、大人らしくふるまって状況に対処する時間をわたしに与えてくれるはずだ。もしここにとどまればわたしは泣き叫び、傷心の姿を彼に見せてしまうかもしれない。そんなのは願い下げだ。


けれど、もしラジがわたしを裏切っていなかったら？　生来ラジは人をだませるような男性ではない——藁《わら》にもすがりたいわたしの妄想かしら？　それでも、わたしは彼を不実な男性だとは思いたくない。でも、相手がナビラであれば話は別だ。彼女は別格だ。以前ラジが愛していた女性なのだから。

彼はかつて愛していた女性とようやく結ばれるチャンスに背を向けられるかしら？　わたしはラジが抵抗したことを願っているけれど、それこそ自分に都合のいい解釈をしたがっている何よりの証拠だ。そうと気づいたとき、ゾーイは姉たちの意見に従おうと決めた。

ウィニーとヴィヴィはわたしよりはるかに

多くの男性を見てきている。もし二人そろって、ラジはナビラの手練手管に屈したと信じているのなら、おそらくそのとおりなのだろう。ゾーイは自分の判断より姉たちの判断を信用した。ラジへの強い思いが自分のあらゆる思考に影響を与えていることをよくわかっていたからだ。そして一歩下がって客観的に状況を分析し、自分で決断を下すことができないことを。

ゾーイはメイドに指示し、スーツケース一個分の荷造りをさせた。皇太子妃が今からこの王宮を出ていき、おそらく二度と戻らないことをおおっぴらにするのは得策ではないからだ。残りの荷物はあとで送ってもらうつもりだったが、ラジが買ってくれたもの、彼が気に入っていた服やアクセサリーを思い出して、不幸な思い出を延命させるためだけにしか役立たない品は何もいらないと思い直した。

ゾーイの警護班は空港まで同行し、そこに彼女を置いて立ち去るのを頑として拒んだ。ゾーイはため息をこらえ、祖父の自家用機に彼らを搭乗させた。どのみちラジはあとで彼らを呼び戻すだろう。わたしのメモを読み、わたしが彼の携帯電話に送ったあの写真を見たあとで。ラジは愚かではないから、わたしの帰国にそれ以上の説明は求めないはずだ。

ゾーイからその写真が転送されてきたとき、

ラジは怒りに屈した。生きながら彼を焼きつくしそうな激烈な怒りに。もしオマールに止められなければ、卑劣な戦術を使ったナビラを公衆の面前で罵倒するところだった。ラジはオマールに説得され、現場で自分の義務を果たし、できる限り早く帰途に就いた。妻と話をするために。ところが彼を出迎えたのはたった一行の書き置きだった。

〝わたしはほかの女性と夫を共有することはできません〟

ゾーイが姉たちに連れ去られ、ギリシアにある祖父の本宅に行ったと知り、ラジは打ちのめされた。その直後、スタムボウラス・フォタキスから電話があった。婚姻関係を公然と無視し、孫娘に対して侮蔑的な裏切り行為を働いたと、老人はラジを責めた。さらに、ラジは父に呼ばれた。父は公にはできない手段を弄して息子夫婦に起きていることを正確につかんでいて、ナビラのような性悪女を半径百メートル以内に近づけたおまえが悪い、自業自得だ、と指弾した。

「おまえが再び妻をこの国に連れ帰ったら、わたしはナビラを国外に追放する」国王はきっぱりと言った。

「ゾーイを連れ帰ることができるよう努力します。望みは捨てません」ラジはやっとの思いで息を吸い、怒りを抑えた。たとえあのような卑劣な策を講じたにしても、ナビラを国外追放するのはどうかと逡巡《しゅんじゅん》しながら。彼女が好むスキャンダルを作るだけに終わるかもしれないからだ。

その夜遅くアテネに到着したラジは、彼を歓迎しないゾーイの家族の抵抗に遭った。ゾーイはすでにベッドに入っていて、睡眠の邪魔はできないとスタム・フォタキスは言った。

「ゾーイは精神的にもろい」スタムは非難がましく言った。「あの子の優しさを利用する者どもから守ってやらねばならない」

「ぼくには彼女を利用するつもりなど……」

姉のヴィヴィが祖父のオフィスに入ってきてラジを難詰し始めた。だが、ラジは誰かに、少なくともゾーイの気の荒い姉に非難されるいわれはなかった。すさまじい口論が起き、忍耐の尽きたスタムは二人に就寝を命じた。

「どうしてもと言うなら、明朝ゾーイと話をすればいい」スタムはラジに最後通告のような強い口調で言い渡した。

しかし、ラジは誰かの指図に従うつもりはなかった。表向きはおとなしく客用の寝室に通されたが、妻に会えるまで座して待つ気はなく、一人になるや、ゾーイの警護班に連絡を取り、彼女の部屋の場所を突き止めた。

ゾーイは部屋の奥のバルコニーの寝椅子で丸くなり、月明かりでところどころ銀色に輝く暗い海を眺めていた。死者を包む埋葬布のように寂寥《せきりよう》がきつく体に巻きつき、息を吸うのも苦しい。まだラジのいない人生を受け入れられずにいた。その恐ろしい可能性を考えるたび、皮膚をはがされるような苦痛を感じる。だが、痛むのは体ではなく心だった。わたしの人生にとって、どうしてこれほど一人の男性が重要になってしまったの？　まるで自分の全世界が彼を中心にまわっているかのように。最初から自分のものにはならないとわかっていた男性を愛してしまい、ゾーイは自分の愚かさと弱さに怒りとショックを覚えた。

背後でバルコニーのドアが開き、ゾーイは身構えた。たぶんまた姉のどちらかが気のめいる助言をしに来たのだろう。ラジのことは忘れたと言い張るのにはもう疲れた。この先、もっとあなたが愛するにふさわしい男性が必ず現れると慰められるのにもうんざりだ。すべての分別に反し、わたしの心も体もラジだけを求めて悲鳴をあげている今このときは。

「ゾーイ……」

なまりのある低い声を聞いて仰天し、ゾーイは寝椅子から跳ね起きて振り返った。「ラジ？」声がうわずる。

「しいっ」ラジは唇に人差し指を立てて警告した。「もし見つかったら、きみの家族はぼくを引きずり出しかねない。ぼくの警護班ときみの祖父のボディガードとのあいだで一悶《ひともん》着《ちゃく》起きるのは避けたいところだ。だが、ぼくは自分の妻に会う日時をほかの者に指示されたくはない」

「でも、わたしはあなたの妻じゃない。少なくとも本当の妻じゃないわ」ゾーイは抗議した。「一度だってそんなときはなかった」

ラジは月光に照らされた青白い妻の顔を見つめ、罪悪感に胸を切り刻まれた。彼女が傷ついて苦しんでいるのはぼくのせいだ。「ナビラとのことを説明させて――」

「いいえ、あなたにそんな説明義務はない」ゾーイはすかさず遮った。「でも一緒に暮らすことや、浮気に目をつぶることをわたしに求める権利もないわ！」

「なぜぼくがナビラと浮気をするんだ？　考えてみたか？」ラジは尋ね、進み出て彼女を優しく抱き上げた。そして慎重に寝椅子に戻し、バルコニーの手すりに寄りかかった。

「だってあなたはまだ彼女を愛しているから……」ゾーイはぽつりとつぶやいた。

「隠れてほかの男とベッドをともにした女を、なぜぼくがまだ愛していると思うんだ？」ラジは穏やかに尋ねた。「それほどおめでたい男だと本気で信じているのか？　ぼくの愛と尊敬に値しない女をなおも愛するほど」

ゾーイは顔を赤らめ、ラジから目をそらした。「あなたがおめでたいだなんて言っていない。ただ人は理性に従うべきだとわかっていても、感情を抑えられない場合があるでしょう？」彼女は気まずそうに言い訳をした。

「だが、ナビラに関しては当てはまらない。自分がいかに彼女の性格を見誤っていたかに気づいた瞬間、ぼくの愛は死んだんだ。確かに彼女はぼくの最初の恋人だった」苦々しげにラジは認めた。「二十歳のころは、彼女が最後の恋人になると信じていた。だが、若さゆえの過ちだった。ぼくを裏切った女を愛しつづけることはできない。いずれ国王になる裕福な男というだけの理由でぼくを選んだ女を愛することはできない」

「もしそれが事実なら、なぜ彼女と手を握り合っていたの？」彼の釈明に心を動かされ、ゾーイは率直に尋ねた。

「昨日、ぼくは宮殿を発つ直前、ある記者から電話をもらった。それは実に暗示的で……ああ、きみがいらだつのは無理もないが、どうか我慢して終わりまで聞いてくれ」雄弁で小さな手がいらだちのしぐさを見せたとき、ラジは彼女に頼んだ。「その電話でわかったのは、ナビラが個人的にその記者に接触し、ぼくたちが恋人同士だったころの写真を彼に渡したということだ」

「あの写真をゴシップ雑誌に流したのは彼女だったの？」ゾーイは驚いて叫んだ。

「ああ。おそらく彼女はぼくの人生に戻るという野望を持ち、その第一段階として二人の過去を公表したかったのだろう。ぼくの心にまだ自分の居場所があると勘違いしていたらしい」ラジのセクシーな口がゆがんだ。「きのう電話をかけてきた記者はぼくに警告した。彼女はぼくの結婚を壊そうとし、そのためにカメラマンを手配していると」

「記者はスキャンダルが大好きでしょう？　なぜ彼はあなたに警告したの？」ゾーイはいぶかしげに尋ねた。

「そのゴシップ雑誌は、ほとんど知られていない昔の恋愛の証拠写真を集めて嬉々《きき》として出版した。だが、ぼくが話した記者は忠誠心を持つマラバン人で、ナビラのいかがわしい計画に加担してぼくに濡《ぬ》れ衣《ぎぬ》を着せるのを拒んだ。彼にとっては度を超した手段だったんだ。それで、ナビラがもめ事を起こそうとしているとぼくに警告したわけだ」

「でも、結果的にあなたのためにはならなかったのね」ゾーイは皮肉まじりに言った。

「だが、少なくともぼくは警戒し、オマールを同行した。その夜ホテルの部屋に着いたら、ナビラがベッドでぼくを待っていた。すぐ追い払ったが。会話もなかった。彼女に言いたいことなど何もないからだ」ラジは断言した。

「何も？」ゾーイはラジの主張に感銘を受けながらも、頭の中ではベッドで彼を待つ黒髪の美女を思い浮かべていた。「彼女は裸だったの？」

ラジはうなずいた。

「少しもそそられなかったの？」ゾーイはきかずにはいられなかった。

「ああ。ぼくの警護班はそそられたかもしれないが」ラジは顔をしかめて答えた。「何も起こらなかったことはオマールが証言してくれる。ナビラがぼくの手をつかんだときも、オマールは同席していた」

「つかんだ？」ゾーイは眉をひそめた。「でもあなたと彼女は二人きりだったのに、どうしてオマールが同席できるの？」

「二人きりではなかった。あの写真はぼくたちだけを切り取ったんだ。ナビラの同僚も三人、同じテーブルについていた」ラジは携帯電話を取り出した。「この写真をよく見てくれ……ここだ……ぼくの隣に座る男の袖口がかろうじて見えるだろう」

ゾーイはラジに近づいて胸を高鳴らせ、彼が画面に呼び出した写真を凝視した。確かに、別人のものとしか思えない腕が隅に写りこんでいる。

「ナビラは写真を撮るカメラマンのためにお膳立てし、ぼくたちのあいだに存在しない親密さを醸し出した。手をつかまれたとき、ぼくはあまりに混乱し、写真を撮られる前に振りほどくことができなかった。ナビラを問いただしたかったが、ほかの人たちの手前、何も言えなかった」ラジは急にむっつりした顔になり、自嘲気味に続けた。「昨夜ホテルで誘いをきっぱりと拒絶したから、彼女も二度とぼくに近づくまいと思いこんでいたが……甘かった。それについては心から謝る。だが、ほかにはきみに謝罪するべきことは何一つない」

「そう言われても……」ゾーイはつぶやき、彼の説明に矛盾がないかどうか脳が全速力で検証するあいだ、浅黒く美しい顔をじっと観察した。「あなたは今、彼女についてどう感じているの？」

「結婚する過ちを犯す前に、彼女が本性を見せてくれたことに心の底から安堵《あんど》している。それ以外に感じることがあるだろうか？」ラジは眉根を寄せて応じた。「オマールが階下《した》で待っている。ぼくの証人になるために」

ゾーイははっと息をのみ、それから無意識にくすくす笑いだした。「ラジ、もしあなたが殺人を犯したら、オマールはあなたのために死体を埋めるわ。あなたたちはそれほどに親しい。オマールが証人になるなんて、冗談でしょう？」

ラジは流れるような動きで寝椅子の横にひざまずき、いらだたしげに彼女を見た。「それなら証人尋問のために、同席していたほかの連中を呼ぶ」彼は決然と宣言した。

その瞬間、ゾーイはラジを信じ、彼がいとしくてたまらなくなった。ラジは身の潔白を証明するためならどれほど厄介なことでもやってのけるに違いない。彼はナビラの企《たくら》みを記者に警告され、充分な用心をしたと思いこんだ。しかし、それでも狡猾《こうかつ》なナビラに窮地に追いこまれた。ラジは単にあの厚顔な女性に対処できるほどずる賢くなかっただけだ。彼はあまりに高潔で誠実だから、ナビラはその性格を利用し、わたしを怒らせようともくろんだのだ。

「いいえ」ゾーイは優しく言った。「あなたがそんな気まずいことをする必要はないわ」

「それできみが心の平安を得られるのであれば、少しも気まずくはない」ラジは言い返した。「今、重要なのはそれだけ――」

「いいえ、本当に重要なのは……」ゾーイは穏やかな声に強さをたたえて言った。「わたしがあなたを信じているということ」

「だがきみは今しがた、オマールは証人として適切ではないと言った」

「あれは冗談のようなものよ」ゾーイはすまなそうにつぶやいた。「あなたの言ったことはすべて事実だと心から信じます」

「ああ、アッラーに感謝します」ラジは母国語でつぶやいた。

「ナビラを忘れるのにどれくらい時間がかかったの?」ゾーイは好奇心に駆られて尋ねた。

「いったん自分の愚かさに気づいたら、さほどかからなかった。ただし、ひどく打ちのめされたけれどね」ラジは正直に答えた。「ただでさえ、ぼくは母の自殺で傷ついていた。もはやどんな女性も信用できなくなった」

ゾーイは男らしい頬骨から引き結んだ唇までを指で優しく撫《な》で、ささやいた。「そうでしょうね。わかるわ。あなたは子供のときに大きな傷を負い、ナビラとのことでさらに苦痛と屈辱を味わったんだもの」

「けれど、きみと出会うまでぼくが女性と新たな関係を築けなかったことは、きみにもわからないだろう」ラジは激情に駆られて言った。「ぼくが自分に許したのは、薄汚い行きずりの情事だけだった」

「薄汚い？」

「きみとともに見つけたものに比べたら、間違いなく薄汚かった」ラジは告白した。

「あなたはわたしと一緒に何を見つけたの、ラジ？」銀色を帯びた黒っぽい目を見つめ、ゾーイは期待に胸をときめかせた。彼の雄弁な目にはゾーイがずっと夢見ていたもの――現実だとは思えないものがあったからだ。

「愛だ」ラジは簡潔に答えた。「ぼくがこれまで誰にも感じなかった、もちろんナビラにも感じなかった愛だ。少年が抱く愛ではなく、大人の男が抱く愛だ。きみはぼくにとって全世界を意味する。ぼくにとってきみがどれほど大切な存在かを表現する言葉を、ほかに思いつかない……」

「充分に伝わっているわ」ゾーイは口ごもっ

たラジを励ました。

「きみと離れるのは本当につらい。昨夜一人で寝たときも、今朝目覚めたときも、きみがいなくて寂しかった。どこにいようと、きみのいるところ――そこが我が家だ。きみが笑うたび、いつもぼくの心は舞い上がる。最初は……」ラジはかすれた声で続けた。「単なる性的な吸引力だと思い、全力できみを拒もうとした……だが、できなかった。以来、ぼくは学んだんだ。きみはぼくの人生にもたらされた最高のものだということを。きみは信じられないほどぼくを幸せにしてくれる」

ゾーイは止めていた息をゆっくりと吐き、そして吸った。肺が酸素をしきりに求めていた。ラジはわたしの夢をすべて現実にしてくれた。あらゆる不安を吹き飛ばしてくれた。

でも、まだ尋ねたいことがある。「だったらわたしが妊娠を告げたとき、なぜ自分の気持ちを正直に話してくれなかったの？」

「きみがぼくをどう思っているのかわからなかったからだ」言うまでもないという口調でラジは答えた。「それにぼくはきみに関して最初から間違いばかり犯していた。ぼくは愚かにも離婚を約束したが、きみがぼくを置いてイギリスに帰ったらどうしようと心配し、それをどうやって防いだらいいのだろうと考えていた。思いがけず赤ん坊を授かったときは、これで一緒にいられる口実ができたと喜んだ。人生であれほど安堵した瞬間はなかったよ」

「口実なんて必要なかったのに」ゾーイは言った。「わたしはあなたと離婚したくなかった……たぶんハネムーンのときから、いいえ、もしかしたらもっと早くからそう思っていた。ただ、認めるのが恥ずかしかったの。何週間も、何カ月も前からあなたを愛していた。それをわかっていながら、あなたに打ち明けるつもりはなかった」

ラジは優雅な動きで立ち上がり、ゾーイを抱き上げて寝椅子に座った。そして、彼女をしっかりと抱きしめた。まるでゾーイが突然自由を求めて羽ばたいてしまうのを恐れるように。「ぼくは長いこと自分の感情を否定し、抑えこもうとしてきたが、それを隠すのが難しくなるほど大きな喜びをきみに与えてもらった」ラジはかすれた声で認めた。「きみがぼくの愛に応えてくれるとは……奇跡だ。ぼくはあまりにきみを愛し、その愛は火のようにぼくを焼いて……」

部屋とベランダを仕切るドアがノックされた。ドアが開いたとき、ラジはゾーイを抱いたまま立ち上がった。

「どういうことなの、これは――」ヴィヴィは二人を見て言葉を失った。

「今は忙しいのよ、ヴィヴィ」ゾーイが姉を鋭く遮る。「わたしの夫はわたしを愛しているの。明日の朝食の席で会いましょう」

ヴィヴィの後ろでウィニーが笑いだし、ヴィヴィの腕を引っ張った。「わかったわ。楽しい朝食になりそうね、ラジ。祖父は不平をこぼし、ヴィヴィはあなたを疑惑の目で見るでしょう。でも、ゾーイがあなたを信じるのなら、わたしも信じるわ」

「この裏切り者！」叫ぶヴィヴィを、ウィニーは強引に部屋から引きずり出した。

「それで、わたしたちはこれからどうするのかしら？」

ゾーイが促すと、ラジは彼女をベッドに下ろし、部屋を突っ切ってドアに鍵をかけに行った。ゾーイはその賢明な行動を喜んだ。

「そうね、あなたの愛は火のようだと言っていたから」

「聖火以上だ」ラジは請け合った。「ぼくは死ぬまできみのものだ」

「よかった。だってわたしは移り気な女じゃないから」ゾーイはつぶやき、ラジのたくましい体を我が物顔で眺めた。「最高に幸せなおとぎ話のような結末が永遠に続くことを願っているわ」

「完璧だ」ラジは熱っぽくつぶやき、ゾーイの紅潮した顔をうやうやしく手で包み、誰はばかることのない熱愛の目で彼女を見つめた。

そして突き出したピンクの唇をこの上ない情

熱を込めて求めた。

疑いと不安の檻《おり》から脱出し、新たに発見した親密さと信頼を祝う二人にとって、それは完璧な時間だった。すさまじい情熱が愛と同じだけラジとゾーイを結びつけ、互いを失うこともありえたという恐怖が二人の気持ちをいっそう高めた。

「愛している」興奮の渦にのみこまれながらラジは荒々しくうめいた。

「わたしも愛しているわ、ラジ」ゾーイは彼に腕をまわしてささやいた。安らぎに満ちた幸福の感覚が新たな自信のうねりとなって彼女を満たした。

エピローグ

一年半後、一歳の息子が小さな酔っ払いのようにふらつきながら父親を出迎える姿を見て、ゾーイは笑った。なにしろ息子のカリムはきのう初めて歩いたばかりなのだ。仕事でモスクワにいたラジは息子の最初の一歩を見逃しておおいに落胆したが、ゾーイが送ったビデオを見て少し慰められた。

ラジはよちよち歩きの我が子を大きな称賛の声とともに抱き上げた。すると、カリムは父親に会えた喜びで小さな顔を輝かせた。

ラジはすばらしい父親だった。自分が寂しい子供時代を送る原因になった王家の伝統や慣習をことごとく撤廃するよう国王に働きかけた。おかげで、カリムはほかの子供たちと遊ぶことを奨励され、父方と母方双方のいとこや親戚が定期的に訪ねてくれる幸運に恵まれている。

タヒル国王はカリムの明るく元気な姿に相好を崩しているが、マラバンの国民はいまだにカリムの存在と誕生を絶対的な奇跡のように見ていた。その関心の高さは小さな男の子が双肩に背負うにはあまりに重く、ゾーイは可能な限りカリムを特別扱いせず普通に育てることに心を砕いていた。たとえ王宮に住んでいても。そしてカリムの祖父と曽祖父が互いに負けじと張り合い、彼に豪華な贈り物をくれるとしても。

ゾーイは至福の結婚生活を送っていた。ラジは彼女を深く愛し、二人で過ごす毎日をかけがえのないものにしてくれる。自分がこれほど愛されるとはゾーイは夢にも思わなかった。そのうえ、ラジは彼女がすることすべてを強力にサポートしてくれた。厄介な妻の家族と仲よくする努力も惜しまず、その甲斐《かい》あって今は祖父お気に入りの義理の孫息子になった。ヴィヴィはラジの夫としての適性を疑ったことを謝罪し、今では彼を充分に評価している。だからゾーイは気楽に姉夫婦と交流することができた。

ゾーイはサンドレスに覆われたかすかなふくらみを優しく撫《な》でた。数カ月後、カリムには王宮の子供部屋で一緒に過ごす仲間ができるだろう。ゾーイは妊娠も出産も簡単だったため、年齢の近い子供を産んで、二十代のうちに家族を完成させようと熱望した。ラジはもう少し待ってほしいと思ったが、ゾーイの説得に屈した。彼女は赤ん坊が大好きなので、正当な医療上の理由がない限り、待つ必要はなかったからだ。

「黄色を着ているときのきみは陽光のしぶきのように見える」カリムが入浴のために子守《ナニー》に連れていかれたとき、ラジはかすれた声でつぶやき、息子を追おうとした妻をつかまえた。「ぼくたちの小さなプリンスは親がいなくても入浴できる」

「でも――」

「息子はきみをぼくと分け合わなければならない」ラジは指摘し、妻の美しい笑顔を欲望の目で見つめた。「それに今夜はきみの誕生日を祝うためにお姉さんたちが到着し、女同士のおしゃべりに花が咲くから、ぼくに勝ち目はないだろう」

「あなたが寝る時間まで待てるのなら、そうはならないわ」ゾーイはからかった。

「前回も待ったさ！」ラジはうめき声をあげ、

彼女の優美な鎖骨に唇を這《は》わせた。たちまちゾーイのほっそりした体に震えが走り、頬が赤くなる。「そしてきみは朝の三時まで戻ってこなかった！」

ゾーイはにっこりした。「忍耐を学ぶ格好の修行になるわね」

「きみを待つのは得意じゃない」ラジはいとも簡単に彼女を抱き上げた。「出張中もきみのいない寂しさに慣れることはなかった。自分のベッドにきみがいないなんて最悪だ」

「たった二日離れていただけよ。でも、わたしも寂しかったわ」ゾーイはベッドへと運ばれながら、思わず満足げなため息をもらした。

ラジがビジネススーツを脱ぎ、彼女が熱愛するしなやかなたくましい体が現れる。

「これほど頻繁にセックスをするのは異常なのかしら」ゾーイがつぶやく。

「すばらしく健康的な運動さ」ラジはみだらな笑みを浮かべて断言した。「そしてそれをうまくこなせば、最高の褒美が得られる」

「わたしがあなたを愛しているのも当然ね」ゾーイは目をきらめかせて冷やかした。「あなたはいつもそれをうまくこなす！」

「だが、きみに対してだけだ」ゾーイの愛撫《あいぶ》にうめき声をあげながら、ラジはキスをした。それ以上の会話を不可能にする激しい愛の口づけを。

ハーレクイン®

花嫁は茨の森でまどろむ

2020年2月20日発行

著　　者	リン・グレアム
訳　　者	中村美穂（なかむら　みほ）
発 行 人	鈴木幸辰
発 行 所	株式会社ハーパーコリンズ・ジャパン 東京都千代田区大手町 1-5-1 電話 03-6269-2883（営業） 0570-008091（読者ｻｰﾋﾞｽ係）
印刷・製本	大日本印刷株式会社 東京都新宿区市谷加賀町 1-1-1
編集協力	株式会社遊牧社

ISBN978-4-596-13476-9 C0297

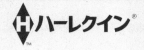

◆◆◆◆ハーレクイン・シリーズ 2月20日刊 発売中

ハーレクイン・ロマンス

愛の激しさを知る

黄金の宮殿で秘密の夜を	ハイディ・ライス／水月　遙 訳	R-3474
公爵家の望まれぬ妻	ダニー・コリンズ／深山　咲 訳	R-3475
花嫁は茨の森でまどろむ **(灰かぶりの結婚Ⅲ)**	リン・グレアム／中村美穂 訳	R-3476

ハーレクイン・イマージュ

ピュアな思いに満たされる

春を待ちわびて **(ベティ・ニールズ選集29)**	ベティ・ニールズ／高田恵子 訳	I-2599
とだえた皇太子の手紙	レベッカ・ウインターズ／西江璃子 訳	I-2600

ハーレクイン・ディザイア

この情熱は止められない！

大富豪との二度目の恋 **(運命の歯車Ⅰ)**	アンドレア・ローレンス／松島なお子 訳	D-1887
絆はガラスの孤城で	キャサリン・マン／土屋　恵 訳	D-1888

ハーレクイン・セレクト

もっと読みたい“ハーレクイン”

愛されたくてついた嘘	アビー・グリーン／高山　恵 訳	K-670
秘書のとまどい	ジェシカ・スティール／吉田洋子 訳	K-671
大人になった夜	ケイト・ウォーカー／藤村華奈美 訳	K-672

文庫サイズ作品のご案内

◆ハーレクイン文庫(HQB)・・・・・・・・**毎月1日刊行**

◆お手ごろ文庫(HQSP)・・・・・・・・・・・**毎月15日刊行**

◆mirabooks(MRB)・・・・・・・・・・・・・・**毎月15日刊行**

※文庫コーナーでお求めください。

今月のハーレクイン文庫

2月1日刊

「ギリシアのシンデレラ」
サラ・モーガン

エラは恋人ニコスに捨てられた。彼がギリシア富豪と知ったのは別れたあとのこと。妊娠を告げられないまま職場を移したエラのもとに、ある日ニコスが現れ…。

（初版：R-2482）

「愛の亡霊」
シャーロット・ラム

エリザベスはかつて愛したデイミアンの訃報を聞き、故郷の地を訪れる。そこで出会った謎の富豪が別人なのに、なぜか亡き恋人を思わせるキスをしてきて…。

（初版：R-395）

「愛あれば」
ジェシカ・スティール

カシアは勤め先の会長ライアンから唐突な愛人契約の申し出を受ける。彼に惹かれていたもののあまりに無礼な誘いを断ると、翌日あろうことか解雇通知が届く。

（初版：R-720）

「雪舞う夜に」
ダイアナ・パーマー

ケイティは、ルームメイトの兄で、密かに想いを寄せる大富豪のイーガンに奔放で自堕落な女と決めつけられてしまう。ある夜、強引に迫られて、傷つくが…。

（初版：L-301）